JN207786

無形

井戸川射子

講談社

無形

装幀
名久井直子

装画
「Mystère」Jochen Gerner

1

汚れた袋を中の汚れごと握り込み、それで食事の終わりの区切りとする。外は降り注ぐ日差しが強過ぎる、オオハルの目には眩し過ぎる、窓の幅に足りないロールスクリーンが守る。椅子から立ち上がり、意気消沈の動物を励ますように、ぶ厚いクッションを叩いて成形する、それで膨らみが戻る。

「春は適温で助かる」

と天気の感想を言いながら、菓子パンの袋を捨てに行く、いつも通りあまり栄養のない、大きさばかりがあるやつだ。パソコンの画面に目を戻し、今来たメールを読む。透明のひだ、薄茶色の細長い虫みたいな、やっぱり点と線か、とオオハルは頭の中で、見えるものを説明しようとする。昔から視力の悪い方の目がぼやける、それがひどくなってきている、片目が重荷となっている。目は膜を被り皺が生じて、それで影ができ上がるような、黒い丸が走るような、そういうのが集中すると見えてくる。それが黒目に来ると邪魔なので目を動かすことで避けながら、周辺の筋肉でどうにかしようとしながら、いつもパソコン仕事を続ける。自分に良いように、焦点を合わせるのに必死だ。角度を変えても、何かが景色の邪魔になってくる、それを上や横に逃しながら、追いやりながら見るが、濁りはそれに従わない。病院にも昔行ったがそういうのはある程度、誰にでもあると医者に言われた。でも、耳鳴りの時もそうやって言われた、とオオハルは目頭を、親指の根もとで押さえる。昼休みになり、背もたれで皺のついたワイシャツ、部屋から遠くに出ないので、毎日は洗濯を必要とはしないシャツを一旦脱いで、Tシャツになる。俺の着こなしはおかしいんだろう、どこがおかしいかは分からないけど、姉さんもそう言うんだし、とオオハルは思う、姉さんはおしゃれだ、姉さんはおしゃれに命がけだ。戸締まりを軽く確認しカンの家に向かい、入ると何人かがカンのベッド近くに集まっている、この部屋は団地の住民の憩いの場だ。一階だからベランダではなく庭で、午前中はとても明るい。

「調べてるけどよ、調べるのがまず難しいのよ。そこで躓(つまず)かされてんのよ」

と誰かが言う。また相談し合っている、書類を囲み盛り上がっている、畳んではまた広げる。団地の全部屋に配られたのでオオハルも持っている、字が大きい部分が重要だと、それだけが分かる冊子とチラシだ。カンは紙を押さえていた方の手を振り、周りは、散歩の時間か、オオハルも偉いことで、と帰り支度を始める。フサは自分の書類を、きちんとファイルに束ねたのを、殴るように鞄にしまう。珍しい激しい動作だとオオハルは思う、団地を通っただけの知らないサラリーマンにも、いってらっしゃいませ、と丁寧な挨拶をするフサだ。工事中の警備員にも、身を低くし謝りながら通るのだ、電車にもちょっと、礼して乗り込む。そういう姿勢は少女だった私たちの手本となるため、後ろの少女たちにもそれを求めるためみたいで嫌だったと、ハンナなんかは言っていたけど。みんなが自分の使った湯呑みを、手と水だけで洗う、少し何か握ったような形で固まった、薄い皮ふの手で蛇口が混み合う。

「何で寝てるのにジーパン。硬いだろ」

「いいんだよ、これはもう柔らかいんだよ」

と答えるカンの、細い脚がジーンズの筒の中で泳いでいる、もたつく布団を蹴り空気を入れる。レモンイエローの、薄めのダウンをまだ着ている。使いにくい色のは安くなっていくことが多いので、カンはとてもカラフルだ。みんながカンの肩に軽く手を置いてから出ていく、また休憩の時間を挟んですぐに集まるのだろう、と思いながらオオハルも背に手を置く、若い頃はもっと盛り上がっていた、カンはよく背中にのせてくれた。高くから上半身を撫でてあげるなどというのは、健康なものの驕(おご)りの動作だろうか、というようなことを思いながら立つのを手伝う。

「薬くれるか。机のその白いケースの中の。水はいいよ、唾で飲むよ」

と頼んでカンはオオハルの、そんなにまだ痛んだこともないであろう体を見る、こう若いと分からないだろう、長い痛みの何たるかが、人の体は充分に大きい、分かるには過分に大きいことが。頭痛はしてきたが、寝る時には頭をしっかり枕に押しつけ固定すれば、耐えられるような痛みだ。オオハルは手を伸ばすため不器用に屈んだ、腰を痛めているとどの動作もそうなった。

「腰痛いんだよ」

「腰は大事だよ、お前」

とカンは言い、受け取ったのを飲む。カンはシャツの裾をジーンズに入れる、ベッドの横に寝かせている杖を取る。

「頭でかいから、これしか具合良くないんだ」

と、外出するならいつも被る帽子と色付きメガネを指差す。ほつれたり錆びたりしているのを、カンの手にのせる、カンは壁を撫でながら玄関まで歩く。それぞれの棟はベランダを、良い陽の方に向けてそびえる。芝生というよりは苔の地面、飛ぶ鳥の背景となる高い建物、その五階ほどにも届く木を彼らは通り過ぎていく。埋め立てられてから経験したいくつかの地震や風雨、潮が団地の埋立地を弱らせた。もう建物もですけどね、暮らし尽くしたと思ってやってください、これ以上かわいそうでしょう、沈みますよと最初の集会で業者は言った。何でお前らが地面の側で話してるんだ、寄り添う役はこっちだろう、ここで頑張ってきたわけでもないくせにとオオハルは思った。巧みに立ち回っているとでも思うのだろう、パワーポイントなど出して説明してきた、一人はなぜか両手首に腕時計をつけていた。住民がいる限りは点検、補修が必要で、責任がどこかにあるらしい。業者の挨拶や説明、それへの反対がくり返され、地面の緩みと危険の発見があり、全部屋の決断に次ぐ決断があった。業者が切羽詰まれば、引っ越し代負担だけでなく、もっと何か得られるのではと粘っている部屋もある。しっかり根を張っていたのにと憤るのも、安全だと信じ抜くのも、安全には目を瞑るのもいる。オオハルのところには金がない、カンとハンナもそうだろう、転居は三十万円仕事だ。初期には団地住民による、反対の懸命な拳が、働きかけがあったが、そうして声を上げる人たちは考えがあるため移動も早い。なぜここから出ない?と、出る人たちはこちらを見ていた、行かなければと思う人たちが先に行った。早く行けば早く着けるというものでもないだろう、どうだろう、何がどう繋がっていくか、オオハルには分からない。海の間近の棟ではなかった、ラッキーだったと、比較して確かに思った。信じられないような高さから鳥が飛び立つ、色ムラとヒビのある壁から突き出る、落下物から守る頭上のピンクの金網に、落ち葉の絡まる。

「団地がなくなるのと、学校がなくなるのとはまた違うからな」

「母校がなくなるのでも悲しかったけど」

とオオハルは幼稚園があった方角に体を向ける。団地の敷地内か外かも曖昧な、その近さに各校ひしめいていた、四隅にそれぞれがあるようだった、小学校は二つあった。もうあとは小中一つずつしか残っていない。二階建てスーパーも郵便局もあった、医院は体の各部分の全てあった、家賃も安くて抽選は何十倍だった、とカンはよく誇らしげに言う。オオハルが物心ついた頃はそんなことはなかった、もう小児科と整骨院しかなかった。古いので、車椅子になったらどうせ住みにくいような部屋だ、勝手な改修、手すりをつけるのも許されていない。転ばぬよう、転んでも最小の被害で済むよう、ずっとオオハルの腕はカンの背中の辺りに浮いている。なくなった高校の方を向く、水はけの良くないグラウンドで、雨上がりなら運動部員が、スポンジで懸命に砂から雨を吸い取り、バケツに絞り入れてから練習した、場所に比して自分の手は何と小さい、と思いながらやった。この壁は小学校か中学か、近くて部分しか見えないと一瞬分からなくなる。中学にしては、中から聞こえる声が高過ぎるかとオオハルは思う。下校し始めた子どもたちが、この団地に住んでいない子どもたちも、通学路なので団地の中を通る。服の部分は光らない、腕や脚、出ている部分は陽を跳ね返す、もう半袖もいるのかとオオハルは思う。風が少女の長い髪を持っていく、少年たちが前触れもなく走る、タミキは走りながら、後ろのタイラを振り返る、弟は足が遅い、合わせてやらなければならない。近寄ってきたタイラに、オオハルは話しかける。

「春から何年?」

「もう小二」

とタイラはピースする。カンが高く挙げた両手でそれを真似る、カニ、とタイラは笑う。口を自分の好きに歪めるだけの、まだ周りに矯正されてないような笑顔だ。

「短縮授業だから、まだ今日は」

とタミキは説明し、タイラはランドセルから手のひら大の、恐竜のフィギュアを取り出す。

「スピノサウルスだよ」

と言いカンに渡すと、いいなこれはいいな、としきりにカンが言う。他の子たちは、タイラからのカンへの説明が終わるのを待ち構え、それを囲んでいる。

「やったら、カンに」

「やだよ、せっかく買ってもらえて。触るだけならいいよ」

と言われ、カンは魚のような背びれの、その隙間の皮にも細かな皺が描かれ、前屈みで、腕は顎(あご)よりも短いようなのを気持ちがいいのか撫で回す。小さい歯はちゃんと一つずつ白く塗ってある、尾が少ししなる。

「百均だよ、百均で買ってもらったよ」

とタイラは教える。幼い時、ものはとても大切だった、拾えば何でも嬉しかった、気安く言って悪いことをしてしまった。無料で何かくれるのは自然くらいで、拾ったものは少し迷って、必ず自分のにしていた。小二なら七歳とかの少年だ、まだ七歳だ。肩も骨ばらない、ただ丸いとオオハルは思う。

「スピノ」

とタイラは返してほしそうに手を出す。

「こういう風に筋肉がついてたかは、本当には分かんないとこだよな。色だって大体で」

とオオハルが言って、カンの手から拾い上げて返すと、タイラは納得のいかない顔をして、

「でも、こうだけど」

と手で確かめながら反論する、硬さの証明のように指で叩く。タイラはまた何か取り出しカンに見せる、恐竜のシールで、台紙から剝がされた一片たちはその外袋にぎっしりと、均等な距離を置き貼られている。タイラは名前を言っていく、説明も付け加える、飛べるものは翼竜、海に暮らすのを魚竜という。タイラはここに住んでもいないのに、遊びに来るだけなのに、広い団地の各々の棟と庭につけられた名前も覚えている、一度も間違えない。タミキは何かこれ以上、タイラが変なことを言い出さないか見張っている。少女たちは暇なのか、互いの長い靴下を丸めたり折ったりし合っている。

「もっといいところに貼りゃいいのに」

とカンは言い、その手を構えて恐竜の動きをする、上手く動く。こんな、とタミキがカンを真似して笑い、彼らはみんなその真似をして笑う、小さい体が内から大きな声に揺すられる。外袋に、火山や地面など背景が描かれてあるからここに貼ったのだろう。シールの貼られた向き的に、翼竜は下に勢い良く落下していくようだとオオハルは思う。

「タイラ鼻水、手で拭くなって」

とタミキが注意し、タイラは鼻を服の袖で拭き直す、擦(こす)って馴染ませる。タイラは外袋が折れないよう、注意深くノートとノートの隙間に滑らせて仕舞う。自転車が作った溝をなぞり、子どもたちが一列であっちに進んでいく。まだ花が地面にへばりつくように低く咲く、たんぽぽの群生の横を走る。フェンスが低いので中学生以上の球技を禁ずると掲げたグラウンドを、通り過ぎていく。ありきたりで目が楽しむものは一つもないと見るか、何もかもに特徴あり飽きないと見るか。

「あっちまで行く?」

「あっちは見るべきもんもないな、もっとあっちにはさ、洋食屋があったんだよな。行ける範囲の一番美味い洋食屋だったんだけどな。でも海までは行こうな」

と言いカンの体はそちらに向く。団地の果ては海に面する。昔は隣に大きな運動公園もあったが、もう平たく全て取り払われてしまった。オオハルはすぐに思い出せる、立体だったところが浮かび上がってくる。潮風があるからか石の遊具ばかりだった、石の山や箱や筒があった、擦れると痛かった、そこで一人ででも力強く遊んだ。雨か、内部があたたまってどうにかなったのか、外灯のプラスチックの箱が中に水滴を保つ、汗をかいている。薄い紙のような、やけに震える葉をかき分ける、少し下りになっているので気をつける。春の砂浜には石と海藻がまぶされ、あちらの海の高く上に架けられた高速道路の橋から、何かを運ぶ音、それにぶつかる風が聞こえる。橋の下からもっと遠くの海を見通す。岩場や砂浜は足を取られるので、コンクリートのところで止まる。岸辺に近づけばフジツボや茶色いクラゲ、魚の骨、その他怖い漂流物で満ちている。カンは海を見る、歳を取れば何か一つ見て、いくらでも思い出すのだろうとオオハルは思う。カンは頭に、見てきたいくつもの海を浮かべる、見にくく聞きにくく、それで味わおうという意欲も減じていくが。虫が素早く横切る、鳥が海から何か食べる。満潮なら見えなくなる、何かの区切りとなる、組まれて土台となる、灯台のように立つ、そういう石や岩を彼らは眺めている。

「ここら辺が、ゴミも見えない遠さでちょうどいいな」

「そうかも」

「死んだクラゲが打ち上がるんだよな、あっちは」

「砂浜に均等にね。あれって、乾いていって最終どうなるんだっけね。紛れるのか、蒸発か」

「いつも時間もらっちゃって」

「別にこの時間で何ができたってこともないから、無趣味だから俺」

とオオハルは答える。朝なら水がもっと、満ちているんだっけ、引いているんだっけとカンは考えている、また違う時間に来れば分かるのか、何でも心行くまでっていうのはやはり、一人の時にしかできないものじゃないか。黙れば、春の小虫がパチパチと跳ねる音が聞こえる。次に来る波と鳥の声とが混ざり、音楽や絵なんかは、自然に追いつくのは大変だろう、超えるのはとても難しいだろうとオオハルは思う。四角い瓦礫とビニールシートと砂袋と紐が、岸の端には積んである。業者が運び込むので増え続けている、風雨にさらされ袋と紐は劣化で裂けている。砂の積もる青いシートは破片となり、何も覆ってはいない、石は強い、石だけが強い。馴染めない親しみのない、それらの重みが地面をより海に沈ませないかとも思うが、見ないふりでやっている。カンの歩みももう遅い、土の膨らみに足を取られる。団地の方に引き返せば、少女たちはいつも手は何かすくう形、見つけて拾った小さなものを持っている、少年たちは何か投げてばかりだ。洗面所でカンは泡で出る石鹸を、手にのせすぐに洗い流してしまう、広がらないまま落ちていく。支えられベッドに寝る、靴下は蒸れるためにあるのだから蒸れて、嫌な感じだとカンは思う、好き放題に自分の歯を噛み締めてみる。シーツの折り目が変になっている、背中がとても嫌がる。ハンナが小さい頃は同じ布団で寝ていた、今考えると恐ろしく狭い、相手の体が当たって起きてしまうなんてことは、今もうない。カンは横向きで、腕と脚は交差させ、馬のような姿勢になり眠る。鍵を開ける音がしてハンナが一旦、ベビーシッター先から帰ってくる。子どもが上手に昼寝をすれば、親に引き継いで休憩がもらえる。

「カン、恐竜欲しがってたよ、百均なんだって」

「え？いいよいいよ、いらないでしょ」

「欲しがってたけどな、あれは。子どもたちと恐竜の真似してたよ。楽しそうだった、海も見て」

とオオハルは言いカンを見る、まつ毛の抜けた、硬いような柔らかいような肌をして、耐える顔でもう眠っている。ハンナは掛け布団と肩の隙間を、首もとのタオルも巻き込んで押さえる。楽しかったなら良かった、家にカンと二人だと、それがずっとだと、自分にはもうカンを笑わせることなど、できないのではないかとハンナには思えてくる、幼い頃なら仕草一つで大笑いしてくれたけど。思い出話と予定の報告、過去と直近の未来だけがあり、今現在はまるでないような会話の行き来だけが、話すべきものとしてある。成長した、大人になった孫というのはみんな、祖父とどういう話をするものなんだろう。

「私はカレー食べるね」

とハンナは言う、カンの顔を眺める。何軒かあるベビーシッター先の家には、どこも子どもたちの、園などでの集合写真が貼ってある。いろんな顔がある、様々な顔だ、親はこの子を他の子と同じと思ってほしくはないと、いや等しく扱ってほしいと、相反する気持ちで眺めたりするのだろう、というようなことをハンナは思う。そのままレンジで熱くしたご飯と、レトルトのカレーを混ぜ合わせる。棚の白い塩コショウを、香辛料が貴重だった時代もあったのだ、恐竜より前ではないけど、とオオハルは思いながら見る。

「カンが作るカレーってさ、プルプルしてたよね」

「そう、小麦粉入れ過ぎなんだよ。私も子どもでよく分かんなかったし、カレーって餡かけみたいなものと思ってたよ」

とハンナは机に持っていって、カレーを素早く食べ始める。家にいる間に済ませることが、いくらでもあるのだろう。オオハルはいれてもらったお茶を飲む、手だけで洗っているのを見た湯呑みなので少し嫌だった。窓辺に寄る、プラスチックが陽に当たりあたたまるにおいがする。

「景色見るのが好きなの?」

「景色を見るのが好きじゃないとか、あり得る?」

とオオハルは笑って言い、ハンナにお礼のポンカンをもらい、次の散歩の日を約束してカンの部屋の棟から出る。昔はもっと木があった、自然をみんなが見て歩く場所だった。ごく近くに寄れば木が落とす花粉さえ見える、小さいのが群れに加わっていく。小魚のいる池の表面には靄(もや)がかかる、白いような膜が魚の動きと風により進む。油かバクテリアか、埃(ほこり)か何か化学のものか。ここが無人になる前に、魚は業者がどうにかするのか、どうせ海になるならここに置き去りか。花に入っていく虫は、香りにむせ返りはしないのかとオオハルは考える、それはもう形も伸びも良く、羨ましいような花だ。水たまりの、混ぜたら淀みが上がってくるような水を避けて歩く、軽いものが浮かんでいる、草をただ踏む。

部屋に帰り、靴の量で混乱を極める玄関の、ウルミの靴を踏むと怒られるのでそれらを避ける。ヒールのある靴というのはなぜこんなに嵩張るのか、と思い持ち上げて見れば踵から は金具が出ており、だから姉さんの足音は軽く高い、スーパーでよく滑って踏ん張る、と思いオオハルは自分の靴を脱ぐ。飛び石のように、自分のだけ踏んであちらまで辿り着く。ワイシャツの皺を手で伸ばし、水で髪を整えてパソコンの画面に向かう。

ウルミはテレビを見ながらが良いので、食卓に大きなポーチを持ってきて化粧をしている。今日は買ってきた惣菜を、酢豚みたいなのを食べながらしている。安いから肉は肉団子で香辛料と脂の味だけ強く、でも野菜も食べられたので良しとする。部屋から出てきたオオハルに、仕事がもう終わったのか尋ねる。

「夕飯食べてからまだやる。結構夜十一時ぐらいまでやってるよ」

「何でそうなるの、おかしいでしょ、十一時って。今日私、ガールズバー」

と薄着のウルミが言う、必要以上に高さのあるプラスチックゴミを潰す、胸もとについた長いリボンが引きずられる。ウルミはいろいろな器具で、熱の力で整え、その髪をかき上げ風を通し、スプレーをかけ固定し出勤する。そんなに上手に顔と髪型を作り上げてしまうと、ない時の不足に目がいってしまうだろう、とオオハルは思うが言わない。ウルミがどこで機嫌を損ねるか分からないので、水を移し替える時のように慎重に話す。海が迫ってくるので、すぐに逃げられる構えで生活していると、買いたいものはどんどんなくなるものかと思うが、ウルミはそうでもないようだ。安く、新しいものがいつでも、自分の部屋の外まではみ出す。夕飯を待つ時間というのが、自分で煮炊きするようになってからは、なくなってしまった。漫画でも読み、呼ばれるのを頼りなく待っている間の涼しい風というのが、今もうないとオオハルは思う、でもとても涼しい。いろいろ炭になりこびりついたコンロで、野菜と肉を入れて水炊きにした鍋の、熱さに沸く湯、荒れる鍋の中を眺める、急な不安が喉を塞ぐ。白地のものを見ているわけでないので異物感は気にはならず、集中して見ようと思わなければ目は自由だ。港でもないのに、時々外から汽笛が聞こえる。仕事をし、合間に休憩で本を読んでは、すぐに次の動作へ移る。とっさにちゃんとした判断ができる人間になりたいと、知っていると思われたいと、最近のオオハルはそれ目指して修行の身だ。自分の言いたいことが伝わる、たくさんの人の前でも自然に振る舞える、そういうことができたらと、強く願っている。本当はリモートワークでなく会社に行きたい、何か点けるたび光熱費がかかる。でも今の会社には、大声を出さないと物事の重要さを主張できないと思っているような人が多い。もちろんずっと大きな声で喋る、それが降り注いでくる。聞き役として自分の番が回ってくるのを、息を止め待ち構える。書く時にペンを寝かせ過ぎだとか、そういうことまで言われる、違う場所にいればこんなにも、それぞれを切り離して考えられる。前の職場の方がまだ良かった、良識的で、呆然とした人が多かった。でも年齢層が高くて飲み会は、女の人たちは夫と子がいかに頼りないかのエピソードの披露を、男の人は何を使い、いかに得をするかを唾飛ばし話し合っていた。寝転び胸に両手のひらを置く、その重さで収まるくらいの嫌な思い出しだ。いつか割けて海に沈むかもしれない、どうにか今はその賭けに勝っているだけの部屋だ。何か力でも出してみようと思い、タンスから重い棚を引き出し、腕で上げ下げする。太い木でも移動できるという力がある気がする、子どもたちのように、毎日力を出しきればいいのだがとオオハルは思う。小学校の初めての合唱の時、オオハルの声で、他の子たちのが聞こえないと教師に怒られたのを思い出す。驚いた、幼いので何でも大きければ大きいほどいいのだと思っていた。トイレは怖かったので、給食室の裏でしていた。オオハルはパンツに利き手でない方を差し込み、取り出してティッシュをドームのように被せる。パソコンは動画の、無料のサンプルを映す。一秒も女の子が嫌がっていないような動画を、最初から気持ち良がろうとしているのをオオハルは探す。長い題名の言葉と、パッケージの女優の表情が頼りだ、きっと作り笑いだろうが、嫌なのは、それは嫌なのだろうが。顔と体を見渡し最小の努力で素早く射精し、出てきたのを擦るように包み握り取る。安心に似たものがオオハルの、愛着ある体を一瞬通る。集中の難しい夜の頭でまた仕事に戻る。

オオハルは朝と昼、毎日新しいパンを食べる、まだ水曜なので、買い溜めたパンの量は充分にあって安心する。月曜日にスーパーで二割引きになる菓子パンを一週間分、消費期限を見比べながら、どれが何曜まで保つか、あと何日で一週間が終わるのか、頭は分からなくなりながら買っている。マフィンや蒸しパンなら長持ちする、膨らむ袋が空洞を中に携える。食べながらメールを見る、みんなこんなに目を凝らして、ものと対峙しているのだろうかとオオハルは思う、本当に何か、上から人の好きに落書きされた本を読むような見えにくさなのだ。窓から陽が照る、窪みの埃も光るようだ、外が明るくてならない、この明るさったらない。オオハルの毛羽立つような目が、濁りある目が、おそらくまた夜まで持ち堪える。

2

これが見つからなければ全て台無しだ、という顔と勢いでウルミは、いつも探し物をする。管理が悪いのですぐに、大事で、ここに、と置いていたものほどどこか行く。明暗のある朝の部屋で手が動く、思い通りにならないものへのと、自分への憤りがある。オオハルが自分の部屋から出ると、ウルミの部屋の襖は開いて、居間とひと続きになっている。

朝方に帰ってきた姉は、おはよう、この子ガールズバーの後輩、とまだ探しながら、向かいの女の子を指差す。おじゃましてまーす、と女の子は明るく言い、何かあれば遠くのものにでも駆け寄って、触ってみるような子どもの身軽さで、探すのを手伝っている。ウルミのものは積み重なり、小さく薄いのはその地層を通り行き、汚れる前か後かの服が量で圧倒する。オオハルは女の子に返事をし、洗面所に入る。かわいい弟さん、と笑う女の子の声が聞こえる。

「あんたの仕事中はうるさくしないから、私たちは今から寝るから」

とオオハルに叫ぶ、ウルミは面倒見良く、よくこの部屋に人を泊める。父さん母さんがいる時はそうでもなかったけど、あの時はこの狭い団地の一室に、四人でひしめいていたから、二段ベッドが二つあったから、とオオハルは思う。でも、大学生くらいの娘三人と親の、五人で暮らしている家族もあった、それはどう寝ていたんだろう、とオオハルは上下や横に続いていく、同じ構造の部屋たちを思い浮かべる。洗面所の水垢を、人が来ているならと拭く、ウルミと女の子は、探しながら喋り続けている。

「彼氏になら言えるじゃないですか、痛いから爪切ってきてって。でもワンナイトだと、その人の爪長かったら終わりですよね。ラブホはどこも部屋に爪切りを常備してほしい。刃物だからダメなんですかね」

「だから私は爪切りはポーチに入れっ放しにしてる。爪短くても、あんまりガシガシされたら膀胱炎なるからそれも、痛かったら絶対言う」

とウルミがアドバイスをし、それは洗面所で身支度をするオオハルにもずっと聞こえている。性器まわりを、膀胱との繋がりを想像してみる、分からないが膀胱は内部で少し遠くないか、と思いながらオオハルは朝食用のパンを取り、自室にまた戻る。

「あと、小銭でも触ったらいちいち手洗ってほしいよね。あったー」

とウルミは大きな声を出す、見つかると気持ちいい。部屋に一人だったらもっと、何でこんなにバカなんだろう、と見つかるまでずっと高い声で呟きながら探していたことだろう。

「ディオールでリップ買ったらもらえたの、香水の試供品。これあげるよ、これ」

「こんな小さいの探してたんですか、見つかったの奇跡でしょ」

と笑いながら女の子は受け取る、朝食のヨーグルトに戻る。自分が覚えていたことに、ものに出し抜かれなかったことに満足しながら、ウルミは窓辺に寄りヨーグルトの蓋を開ける、酒や濃い味の飲み物を飲み続けていれば、寝る前のご飯はこれくらいで済む。あの香水はもらって嬉しいはずだ、ウルミは家に来た人を、手ぶらで帰らすことができない。開けた窓から、二階のウルミの部屋から、外の庭をフサが通るのが見える、吠える犬を横に連れ歩いている。近くの一軒家の人が飼っているが、あまりに懐くのでフサが散歩を担っている、大胆と小心を併せ持つ犬だ。

「仕事だったの?おはよう」

「うん、でもガールズバー昨日辞めちゃった、給料改定されてさすがに安過ぎた。この子も辞めたの。一斉に辞めてやったの」

と隣の女の子を指差す。香水をつけてみた手首を鼻の前で揺らしながら、どうも、と女の子は言う。

「良かったのよ。またお菓子ね、おいでね」

とフサは答えてあっちに行く、犬は特に見る方向を変えることはなかった。フサはよくお菓子を、フサのセンスで詰め合わされたのをウルミにくれる、痩せてからずっとくれる。最近は湿気ている時もあり、個包装に賞味期限は書かれていないのも多く、美味しくなければウルミは捨てる。中高生の頃は拒食症寸前までダイエットにのめり込んだので、余分なカロリーは取らない習慣が残っている。ウルミは周りの、少女たちに熱い関心を持つ、年などは関係なくみな少女に思える。ああやって犬と歩いているだけで、ヨーグルトなんかを食べてるのを見るだけで、少女たちを撫で回したくなってしまう。共に頑張ろう、と背に手を置きたくなってしまう。できるアドバイスは何でもしてあげたい、たくさんいると髪の長さも声の高さも似ていて、見分けがつかなくなってしまうけど、見分けなどつかなくてもいいとウルミは思っている。眠そうな女の子のために、薄い寝袋を畳に敷く、外からは団地を通学路とする小学生たちの、照れてそれを隠すような笑い声が響く。

　エレベーターの前にいつもの少女たちがいて、ウルミの邪魔になる。曇ったガラス、錆びた鉄の、全体的にはピンクのエレベーターホールの、壁の鏡をみんなで覗き込んでいる。

「この鏡ってちょっと歪んでるよね」

と挨拶代わりにウルミが言う、鏡が？歪む？と少女たちは不思議がる。

「歪むよ、鏡には良し悪しもあるよ。ちょっと角度でもつければ長く見えるよ」

とウルミは答える。

「そのままだと思ってた、信じ過ぎてた、鏡を」

と真剣な顔でリユリが言い、少女たちはみんなで頷く。良くない鏡だが、一応覗き込み髪を整える、このリユリって子が、自分の幼い頃に最も似ているとウルミは思う。これからのための身の処し方や心の鎮め方を、聞いてきたら全て教えてあげたいが、というようなことを考える。少女たちの、何という細い脚、このくらいの頃は真実、かわいい筆記用具を集めることに最も意義を感じていたものだ。

「小学校さ、最近お昼寂しい曲流れてない?」

「あれ、掃除の音楽だよ」

とリユリが答える。

「あんな寂しい中で掃除してるの?」

と笑い、鏡ってどう作るんだろう、何を固めて、という少女たちの質問に首を傾けるだけで返事をしながら、ウルミはエレベーターにのり込む。リユリは隣のマオ、リユリの一番好きなマオの手を取り、他の少女たちに内緒で離れていく。本当はいつでも自分が笑わせ楽しませたいのだ、今年は違うクラスだから学校にいる時はそうはいかないが。

「昨日の夜はどうしてた?何見た?何を食べた?」

とリユリが聞くと、マオは笑って答えてくれる。言える全てを教えてくれる。バラの花にアリが入る、近いので、海の生臭いにおいがする。進んでいくと、タイラが木の前で何かしている、落ちたのを拾ってこちらに見せる。

「これは葉っぱを悪くするから、取らなきゃ。母さんが言ってた」

とタイラが言う。チューリップの蕾みたいに、葉と葉を合わせて工夫し、オリーブの葉に虫が隠れている、ここで育とうとしている、膨らんでいるのでそれと分かる。

「私もやる」

とマオも手を伸ばす。マオの髪は長い、胃の辺りまである、量は少ないので人を驚かせるほどではない。マオはよく、胃が痛いと言って押さえるので、リユリにもマオの内部の位置が分かる。屈んだマオの髪が地面に流れるので、リユリはそれを一つにまとめて持っておいてやる。

「さっきウルミがいたよ、ウルミってマリオカート上手なんだよ」

「ギャルはマリカー上手いらしい、これはマジ」

とタイラは答え、その葉の根もとから摘んでいく、葉は互いに影をかけ合う。紡錘形のが彼らの手で選ばれ切り離されていく。マオの息はいいにおいなので、リユリはできるだけ口の傍で次のを待ち構える。痛い、とマオが言い鋭い息が吐かれる、横の薄い葉に切られ、手首に線の傷ができている。

「いつも自分より、安いものに怪我させられるんだよ。だってそうじゃない?　車でも何でも、自分よりは安い」

と言いながらマオは、手首を洗うように擦る。本当だ、確かにそうだ、でもでは他の人や海になら、とリユリは考える。

「葉っぱ剝くと本気の芋虫出てくるけど大丈夫?」

とタイラが気を遣い、苦手なリユリは少し離れて薄目で見る。中のを潰さないよう、タイラとマオは不器用な手つきで、無心の顔で注意深くやっている。剝かれて少し体を覗かせたのを見えるよう、平坦な、舟の形の石に置いていく。もう生まれてしまって、目立って、子どもたちが遠ざかれば、おそらく鳥が見つけて食べる。虫を触ってしまったので手を洗い、脱ぎ捨てるように拭って水を払っていく。マオはさっきの傷を気にする、草むらに入った後のような、頭の痒(かゆ)さがある。ベビーカーを押しながら、片手は暇なので、ちょうどいい高さにある葉をちぎりつつウルミは歩く。ガールズバーを辞めたと言うと近所のハンナは喜び、じゃあ私のベビーシッター先を一つあげるよ、苦手な奥さんのところだけど、と仕事を譲ってくれた。午前午後夕方、各家庭のニーズがある。休日保育のない日曜とか、お迎えや夕方親が帰るまで、シッター中に時間が合えばウルミとハンナは公園で合流する。砂場のへりの、割れていないところを選んで座る、砂には木のカスが交じる。ハンナの行っているところの四歳の双子と、ウルミの家の一歳半の子が絡まり合って遊んでいる、四歳はやはり言葉を多く知っている。

「これ、ママ友になったみたい。ねえ、ベビーシッター先の家の人を何て呼んでる？」

「旦那さんと奥さんって呼び方も嫌なんだけど、他にいいのがなくない？多い時ベビーシッター四軒行ってたから、間違えそうで、呼び分けないようにしてて。本当は子どもの名前だってごっちゃになるから、あんまり呼ばないようにはしてるんだけど」

「子どもの名前呼ばないのはひどくない」

「でも親だって双子、呼び間違えてるよ、名前もまた似せるから」

とハンナは言う、ウルミはこの前の、初めてのオムツ替えを思い出す。おしっこだけなら立ったまま拭けるらしいがウンコだったので寝かせた、少しかぶれてあまりにも赤い小さな股が手の中にあった。水を多く含んだウェットティッシュで取りきれないながらも拭いた、かぶれてるから、乾かしてからオムツしてあげてねと言われたので、両脚を持ち、股が冷たく乾いていくのを待った。

「奥さんと子どもと会うだけなのに、そんな化粧するの偉いね」

「え、何か習慣」

とウルミは顔を撫でる。自分の顔を撫でられるのは自分の特権だ、ウルミは人に、顔を触られるのは我慢ならない。

「化粧とか、毎日整えても残らないから、それがバカらしくなるんだよね」

「写真とかは、残るけど。自分でするのがめんどいなら、今度してあげようか」

「写真毎日撮らないじゃん、繁華街行くとおしゃれして来れば良かったと思うけどさ、その後悔が面倒くささに勝たない」

とハンナは言い、工夫に限りある、理想を上回らない、これに心血注げるのはすごいと思う。顔かたちは熱された金属のように、まだ変わる余地を残すものだから楽しいのに、というようなことをウルミは思う、ハンナは身なりに構わない、カンの介護が終わればまた変わるのだろうか、その時は力になれる。どんな顔だったかは記憶にも残る、と思いつくが、ウルミは言わない。

「この子の家さ、旦那さんの趣味の、油絵の具の油、溶き油?出しっ放しなんだよ。子どもの手の届くようなところに、それで私のいない時にひっくり返したらしい、口の中にも飛んだかもって。この子は一歳半なのに、クリップとか、落ちてる小さいものを食べなくて偉い、ちゃんと私のところに持ってきてくれるのとか、奥さん言ってるんだよ」

「親身になり過ぎだよ」

とハンナは答え、ウルミは幼い頃から人に何でもさりげなくできる、自分にはできないような優しい呼びかけ、会話の提供ができる、と思いながら眺める。子どもたちは持ってきた砂場セットと、誰かが忘れていったおもちゃを組み合わせ遊んでいる。一歳半の子は、よだれがついた手を砂で拭くようにしている、歩けば足を取られる。彼らは粉ふるいのおもちゃに砂を入れ、ふるって細かい砂を、そのまま大きな砂場に落としていく。差し出されたのでウルミもやった、意外なほどの没頭があった。オムツの苦い尿のにおいがする。一回でもしたらオムツを替えてくれと奥さんは言うが、何回かして、取って持てば手に重いようなのがウルミは好きだ。奥さんは自分ではこまめには替えないから、昼頃行けばこの子がつけているのはそんなオムツだ。柔らかい脚を揉む、尋常でない親しみが顔に満ちる。砂を食べそうになるので、気をつけて、と言う、言葉かけにどれほどの意味があるか、分からないままでも言い続ける。奥さんが時間よりも早く帰ってくる、もうスーパーも行ってきたらしく大荷物から、四角いパックに二つ入ったケーキを取り出す。

「ウルミちゃん、今日もありがとう。これ一つずつ食べようか、お茶いれるね」

とウルミを見、食べようね、と子どもにも言う。こういうケーキでカロリーを取りたくはない、もったいない、自分の分から子どもにたくさんあげよう、と思いながらウルミはわーい、と声を伸ばす。

「今日早めですね」

とウルミは言う。保育園のお迎えの時間は厳しく、会社に書いてもらい提出する終業時間に、通勤時間を足し、そこから三十分以内には保育園で子どもを抱きとめねばならない、だから夕方から夜のウルミの需要がある。奥さんは日々残業もあって、たぶん寄り道でもして自分の用事をして、一時間くらいはそれで平気で過ぎて、それからスーパーで食料品を買って毎日帰ってくる。子どもは何度か、ママは?と聞いてくる、でも私がいる、ママではないが自分は全ての少女の味方だ、とウルミは思う。

「ちょっと早く出て、産婦人科にね、検査だけど。私の行ってる産婦人科の椅子すごいよ。座って脚の部分の板が開いて、開脚するじゃない?その格好のまま、診察椅子が結構な音立てながらレールで前に進んでいくの、それで医者の目隠しのカーテンまで到達するの」

「いりますか、それ」

と笑い、検査か、性病かなとウルミは思う。

「この子の前に、本当はもう二人いるの、お腹にいたの。だいぶ育ってた子と、すごい初期での子」

「そうなんですか」

とウルミは返事し、それは、すごく、と顔を伏せた。何が言えるだろう、でも自分が経験していないことは分からないとすれば、口を挟む資格もないとすれば、誰と会話ができるだろう。確かに中学の頃、何も食べられなくなった時、食べ物を粗末にしてはならないと担任教師が話し出し、自分はそこで諦めてしまったが、とウルミは思い出した。あの頃は食卓に出てきたコロッケの、油を懸命にティッシュに吸わせた、天ぷらの衣は剝がした、ママは嫌だっただろう。

「生まれる前でも、ちゃんとあったの、あの妊娠検査薬の線が、エコー写真の黒い丸から人の形になっていくのが。初めての子は七ヵ月で、それまで注ぎ込んできた熱と労力ごと出ていって。二番目の子の時は、嬉しくて妊娠検査薬、生理予定日から使い始めて。まだそんな、検査薬が反応する期間じゃないのにね、もっと日が経たなきゃ。でも絶対いると思ったの、一人経験して、感じは摑んでるんだから。検査薬何本も買って朝晩使って、妊娠してる印の赤い線が出て。高いけど買い溜めてたから三日続けてやって、ずっと赤い線があって。でも、時機を待って病院に行っても見えなかったの、まだ見えないんですかねって何日かして、お腹が痛くなって、まただいぶ経ってから生理が始まったの。私はその子のこともちゃんと数えてるの。形はないけど、あったこともないんだけど。誰かの子の月齢を聞いて、初めての、二番目の、あの子と同じだって思うの。でも二番目の子は、短かったし記憶も曖昧になっちゃうの、もっと無差別に愛さなきゃいけないんだけど」

と奥さんは言いウルミは、その子たちの存在の証人の一人に私もなろうと、自分の役割を理解しただ頷く。今日の奥さんはよく喋る、動く診察椅子なんかにのせられた後だからか。自分ならその妊娠検査薬を取っておくだろう、でもいつか線は頼りなく消えていくものだろうか。ウルミはもちろん検査薬くらい触ったことがあるので、あの細い、尿のかけやすい形を思い浮かべる。

「お腹で育ててる時には誰も、その子はあなたとは関係ないんだとは、一切言ってくれなかった。お腹の子にじゃなく自分の体に、どこまで耐えられるか話しかける日々で、妊娠中なんて、十ヵ月の船旅で。子どもを抱えて揺れに揺れて、降りるまで不安で、降りれば知らない場所で。無理に乗せられたわけじゃないけど、周りからはレジャーだと思われて」

と奥さんは続ける、その船に乗る可能性も大いにあるため、ウルミは気が塞ぐ。さすがに分かりきらないことばかり言われ、何も話していないと同じの、ガールズバーでの客との会話が思い出される。子どものように素直に、つまらない顔ができるような場でもない。

「本当はこの子の下に、二学年差くらいで次の子が欲しかったんだけどね、ちょうどいいじゃない、それだと。赤ちゃんグッズもしまわずに、そのまま上のを使える感じで」

と奥さんは言い、布を畳む。自分が何か、経験でものを言える話題に変わったとウルミは思う。

「うちは弟と年齢差そのくらいですけど、喧嘩めっちゃしてましたよ。たぶん間は離れてる方がいいですよ」

「でもウルミちゃんは面倒見がいいから、優しいお姉ちゃんでしょう」

と奥さんは答え、子どもが泣くのでウルミが抱く。抱き上げられなければ長い移動もできないような、と思いながら少し揺すってやる。この子はドアに強いこだわりがある、開いているとどのドアも必ず閉めに行く。クリームパンが食べたいというようなことを子どもが言う、奥さんが頷くのでウルミは立ち上がり、窪んだ形のキッチンに入る。四つ入りだったのがあと二つになった袋から取り出す、カビが生えている、消費期限は目立ちにくいところに小さく書いてある。四日までのクリームパンだ、今日は九日だ。何か抜け穴を探すように残りの二つのパンを眺める、どちらも真ん中の方にぬかるむようなまだらがある、影のようだが確実にある、ウルミは途方に暮れる。さっき、奥さんがまだ帰らない時にも一つ食べさせた、それにもついていただろう。急いでキッチンの入り口に置いていた自分の鞄に、鞄が大きくて良かった、柔らかい合皮のに隠す。これは私の過失だろうか、その家にあったものをあげただけだがとウルミは考える、あの子が病気になったらどうしよう、痛いという言葉もはっきりとは知らないから、きっとあーあーとだけ言い続ける。

「クリームパン、もうなかったです」

「そう？ あると思った、明日の分買ってないわ」

と奥さんは言い、スティックパンでもいいか優しい声で子どもに聞いている。子どもは手足を突っ張る、それで何か伝えようとする。

オオハルは誰かと付き合ったことはない、付き合うところまでいかない。上手くいったことがないから、その雰囲気も分からない、来たら摑めるようなものだろうか。パソコン仕事を終えて自分の部屋から出るとウルミが泣いている、痛みが去るまで待つかのように立ち止まっている。雨のせいで部屋に木のにおいが染み出す、オオハルは窓から外を見る、ささやかな雨だ、でも全て湿らす。

「ここのさ、団地のさ、再編とか退去の書類を前から、パパとママに送ろうとしてるじゃん?思いつくどの住所にでも、宛先に尋ねなしとかで戻ってくるじゃん?ついに、おじさんのところに送ったやつも、戻ってくるようになった。おじさん、ちょっと前までここだったよね?」

とウルミが訴える。

「もう送らないとこう。諦めよう」

とオオハルは言い、書類わざわざコピーしたんだ、とそのコピーをひねって捨てる。ああ、とウルミは声を出す。

「姉さんは泣いてる時に鏡の自分を見て、それをオカズにもっと泣くんだよね」

「それはそうだよ、中学の時からだよ」

と、ウルミは窓に顔をぼんやり映す。家が貧しかったとか、親の心の貧しさなどについて、ウルミは考えたくはない。親が優しくしてくれなかった、その余裕もなさそうだった、と四肢を投げ出し喚いても仕方あるまいと思い直す、しかし涙は出てくる。あの子は吐いたりしていないだろうか、自分にベビーシッターは向いてない、またガールズバーでも何でも探して、会話と体の提供を続ける方が楽だろう、そこには起点に共感も友愛もない、というようなことをウルミは考える。

「ハンナってあんなに、身だしなみにもこだわらないって、結構大変な状態なんじゃないかな、気づいてないだけで。そこにまで注意がいかないっていうのが」

と言うと、

「姉さんも、こんなに部屋汚いのは相当だから片付けなよ」

と返され、ウルミは立ち上がる。涙を流しながら、自らの重みに耐えかねて、ハンガーからずれ落ちていく服を抱える。行き場はないのでそのままあちらの床に落とす。ウルミは泣きながら何でもできる、自分に見惚れることもできる。オオハルは嫌だったことが、いつまでも薄まることなく思い出されるらしい、小さい頃は恥ずかしかったことを懸命に説明してきて、拳を机に打ちつけ指も折れんばかりだった、今もそうなのだろうかとウルミは思う。冷蔵庫を開けると萎びた野菜が目につき、オオハルはそういうタイプだ、日に日に干からびていくのをそのままにして、カビが生える、柔らかく溶け形を失くすなどの、劇的な変化を待ってから捨てる。ママもそうだった、とウルミは思い出した、屈み込むと腹が押された。

　子どもはままごとの道具を、次々並べていく、集中するので直線のよだれが垂れている。オオハルの部屋の襖には、牛乳を瓶から注いで移し替える女の絵葉書が貼ってある。あの牛乳の一筋の流れ、ああいうのは記憶しておいて描くのだろうか、影がどうつくか、流れは捩(よじ)れるのか、覚えきれるだろうかと考えながら、ウルミはよだれを拭ってやる。セックス中に、唾ちょうだいと言う男がいる、メジャーなのか結構いる、それで口のを懸命に絞り出す、それもウルミは思い出す。子どもの、下がり気味の眉をウルミの指がなぞる、でもこの子だって、顔を触られるのは嫌いかもしれない。首もとの詰まった服を着せられているが自分のように、首が苦しいのには耐えられないかもしれない。ベビーカーを押し、どこかから帰ってきて、買い物を終えた奥さんとスーパーの入り口で待ち合わせる。さっきまで雨だったからか、スーパーの広い駐車場は満車だ。後半は降りながらもう明るかったような雨、花は倒れ強い雨の余韻に浸る。ベビーシッターを辞めたいと、ベビーカーの持ち手を奥さんに譲りながらウルミは言う。

「何でそんなこと言うの、すごく助かってるのに。この子もウルミちゃんが大好きだよ、いない時も呼んでるよ」

「でも何が起こっても、私のせいだと思っちゃうんで、向いてないんです」

とウルミは答え、ベビーカーをぼんやりと見やる、はみ出している脚を眺める、この子はまだ幼く、体全体ブレブレにして歩く。

「よく人に命なんか預けれますよ、みんな、学校とかだってそうだけど」

「親が全部見なきゃいけないってもんでもないでしょう」

と奥さんは顔を固め、機嫌を損ねたことを知らしめている。ウルミも意志の強さをそれで感じさせたいという風に、奥さんと目を合わせる。

「それはそうです。でも私は預かれないんです」

「くじ引きだと思ってるの。怪我とかするならどうか私に責任が、ある時ではないですようにって、それだけ願ってるの。妊娠中とは違うんだから」

と奥さんは言う。ウルミには分からない部分もあるので黙っている。

「分かりました。ウルミちゃんが持ってきてくれた毛布二枚、うちにあるよね?あれだけ、邪魔になるから今取って帰ってくれる?今日までのお給料も」

と奥さんは言い、ウルミの返事を聞かないうちに、ベビーカーの車輪一つを軸にして回し、家の方へ進み出す。あんなに速い動きは危険でないかとウルミは思うがもう言わず、間抜けだが距離を空けついて行く。奥さんのショルダーバッグの紐が、直してあげたいくらいに捻れている、ウルミは下を向いて、歩幅を測って歩く視線だ。自分が来なくなったと知れば、あの子は泣くだろう、それは一晩で薄れるような悲しさであってはならない、もっと残っていてほしい。歩道の木は二股に分かれてまた上で繋がっていく、それが何か降らせる、種か実か葉が風で体につき、ウルミが運ぶ。これからもあの子は、古いものを食べたり、油みたいなのを被って泣いたりするだろう、生まれてしまったことはもう不動の子だ。雨上がりなので車が美しい、光が美しさであるのなら、これは本当に美しい。

3

手で水を揉んでいる、身振りと声は大きくなり、子どもはそれで言葉にできなさを補っている。ハンナだって幼い頃は、このくらいすぐ頬が赤くなった、体が小さいと体温調節も、やはり上手くいかないのだろう。ここのベビーシッター先の家は、庭先で水遊びができるからありがたい。プールの水に布が広がる、入ってしまった泡がそれを取り囲むようにする。双子の片方が我が身ごと飛ばすような、不自然な投球のフォームで水風船を放る、失敗を重ねながら、隣家の柵に引っ掛けて割る。

「ダメだよ、ダメ、バツ」

と二本の指で作ってみせるが、双子たちは分からないようだ。そうか、自分の書いたものに、バツなんかまだつけられたこともなく、知らないのかとハンナは子どもの無知に打たれる。夕方できた顔の傷なら、もう次の朝には治っているような年頃だ、傷はみるみるうちに滲んでいくのだ。ハンナの勢いが怖かったのか、小さく弱い声で、オッケーと双子は言う。二人は同じことを何度も言い合って、全身で抱き合い楽しんでいる。ぶつかればもうごめんと言い合える仲だ、会話はとても楽しいだろうとハンナは思う。口を動かすためだけに喋っているような、伝えることが本意でないような子どもの語りを、見るだけ見ている。さっき公園で飲みきらなかったオレンジジュースをコップに注ぐ。ペットボトルの口からアリが一匹出てくる、自分が飲むのではないので、摘んで捨てて気にせず飲ませる。自分の家のではないのでこのジュースは捨てて、新しいのを出してきても良かったが、どちらでも良かった、図鑑を指差し何か言ってくるので、驚きの表情だけで返事をする。奥さんと二人で濡れた子どもを拭き上げる。幼稚園のイベントごとに売られる写真が貼られたコーナー、増えていれば何か褒めた方が良い、それで関係が円滑に進むコーナーの前に来て、

「この壁の前に来るたび見とれちゃって、次の作業が遅くなるの」

と奥さんは笑い、ハンナは当然そんなことはないが、共に笑う。

「でも子どもたちが自分で年を数えてられるようになれば、私もう覚えてないと思う、誕生日のたびに何歳になったか聞くと思う」

「出産って大変でした？」

とハンナは聞く。この質問は多くの母親に活力をみなぎらせる、語る訴えがあるのだろう、鮮明な部分だけが伝えられ、非常の事態なので思い出せないことも多く、人と同じ人と違うものがいくらでもあるのだろう。

「分かんないことだらけで、どこが子宮かだってあやふやで、背骨から全部痛いんだからら」

と奥さんは言う。やはり生理は子宮の位置を、持ち主に知らしめる機会でさえなく、痛みには特に役割などなく、ただの嫌がらせなのだろうとハンナは思う。

「でも、無条件に愛せる可能性があるのってやっぱり子どもだよ。夫なんかはもちろんだけど、自分に対してでさえ、条件付きの愛だよ」

「確かに自分には、もっと愛せる自分でいてほしいですよね」

とハンナは笑う。

「来週はどうしますか、どっちもいけますよ」

「そうだね、土日どっちもいいかな?できれば昼ご飯後から夕方まで。どこ行こうね、どうせ雨だからな、イオンで走らせるか。でも私スーパー銭湯、チャレンジしたいんだよね。ハンナちゃんの分のお金は出すから、雨ならタオル類持ってきてくれたら。大人二人でなら湯船もいける気するよね、夫と行っても双子は私から離れたがらないし、そうなると女風呂に三人だし、それは無理。でも裸ちょっと恥ずかしいかも、あんまり見ないでね。授乳で胸も萎んじゃって。必要ないと言えばないんだけど、でも思えば夫と抱き合う時の、クッションにはなってたんだよね」

と奥さんは言う。持っていたものがなくなるのは、取り返しのつかない損だと思うだろうか。奥さんは冷蔵庫の、四人分の予定が別々に書けるカレンダーに書き込んでいる。幼稚園というのは、子どもが恐ろしく早く帰ってくる日がある。そういう時や休日に、ハンナがこうしてベビーシッターに呼ばれる。子育てにおいては天気と、地面の湿りがとても大事だ、雨上がりに遊具は使えず、跳ねるボールは泥を撒く。旦那さんの欄は一ヵ月どこも、何らかの予定で埋まっている。フリーランスになったばかりで忙しいからと奥さんは庇うが、でもこの午前の予定とここのを同じ日にして、幼稚園がない日くらい空けられたら、とハンナはカレンダーを目でなぞる。奥さん一人で、四歳二人など見ていられないのに、人手だけが必要なのに。来週は暴れ回る子たちとスーパー銭湯か、とハンナは思う。

薄いリュックを背負った点検の人たちは作業着で、今この団地に何も危険はないのに、ヘルメットなどしている。ハンナと、礼なのか目線を外しただけか、分からないくらいのを互いにしながら行き過ぎる。業者には書類をいくつも、何度も書かされた。年寄りも多いので共有スペースで、ハンナがマイクで書類の朗読をした。重要な部分は声を強めた。この埋立地に何の保証もないことを、自分の部屋は自分のものではないことを、ハンナが何度も宣言することとなった。団地立ち退き反対の抗議はどれも実を結ばず、何をしても何もしていないのと同等となることもある、そういう教えを、神が与えているのだろうかと訝(いぶか)った、ハンナは神を信じていないが。祖父であるカンが懸命に願うことを、ただ引き継いでいくだけだが。いきなり雨が強く降ってくる、ヘルメットもこれで意味を持つ。表に出ているものが洗われる、波板の屋根は傾斜も強く、雨を素早く流す。団地でずっと遊ぶ小学生たちが、屋根のあるところから小石を穴に投げ入れている。あの鳥だ、と思い振り向くと、果たしてあの種類の、ハンナがその鳴き声を聞き分けることのできる鳥がいる、気になって名を調べるなどということはない。部屋ではカンがこれからの長い暗闇に備える、滑り落ちるようにとはいかない浅い眠りの数々を待つ。指は布団のほつれの糸で遊んでいる、布の擦れる音だけがある。肉の薄い手が脚の付け根を強く押す、それで紛らわせないので湿布を貼ろうとカンは考える。何度かのゲップで腹の中の嫌な空気を出そうとする、努力で不快がなくなると、強く信じているわけではないが。引き出しを開けると数珠が出てくるので、手持ち無沙汰に拭いて磨く。ハンナがビールの缶を開ける、少しの量で満たされるよう、舌で強く喉にビールを押し流していく。

「カンも飲む?」

と言うが、カンは断る。快の後の不快を恐れ、物事をしないというのは、とてもつまらないことだが。若い時は、風呂上がりにはビールでないと喉が潤わなかった、水ではダメだった。でも今は牛乳でもいいのだから、ただ濃い味と勢いが必要だっただけなのだろう、とカンは思う。使えないものを取り除き、新しいものを取り入れるということにはもう、あまり興味のなくなった部屋、へこみのある畳、強い筋だけが生き残った畳、触れば光るものの剝がれる砂壁、砂壁の掠れを隠すよう貼った布、それに繫がる木枠、すだれと薄いカーテンとロールスクリーンを重ねた西向きの窓、そういうのをハンナは眺める、カンとハンナの二人の家だ。パスタの副菜として、ほうれん草を洗いあさりのむき身と炒めたが、砂っぽさ、アクっぽさがどちらからも出てしまい、仕方ないので自分だけで食べる、カンには別に何か作らねばならない。カンは先に、汁気の多いパスタをすすっている。食後のハンナのパソコンには散らばる、知識意見が画面を覆い尽くす。見つめるハンナの背は頭にとても真っ直ぐ続く。

「子宮だけ取り出すなんて、できるんだろうかな」

と、カンがうたた寝からふと起き、画面の光に照るハンナの顔に聞く。布団に、砂か何かの粒ののる。

「そう、どこまで切り取れるかも疑問なの。調べ始めたばっかりだし分かりにくいね、手術はいくらでどのくらいで終わるのかも」

「やっぱりさ、何だ。ないよりある方がいいんじゃねえか。病気で諦めなきゃいけない人だっているんだから」

とカンが言い、それがハンナの頭を熱する。

「だから何？ ない人がいる、だから何？ 小学校の先生でもさ、私たちが給食を残せば、食べられない子たちが各国にいますって脅して。給食室で最後はザルに集める残飯、コンビニとかスーパーが送り出す絶対余る量とか、そういうのを見るたび小学生の頭に、知らない子の食べられない姿が浮かぶ。恐れが共感を生むから？ じゃあ人気があって余らない味付けとか、適切な量とかを分析して工夫すれば良いのに、そう、先生にも言ったけど。この子宮のだって、医者に相談してみてもさ、その理由、嫌だからって理由だけで手術するってことはないんじゃないか、子ども生みたくなったら後悔しますよって。後悔させたらいいじゃん、別に、私に」

とハンナは答え、すぐに反省する、伝わらないであろうことをまた言ってしまった。立ち上がり、奥さんが帰りにくれたユリの花を、高さのあるコップはジョッキしかないためそれに活ける。カンの顔の横の棚に置いてやる。カンがおどけた表情をしてジョッキを持ち、ビールを飲むように傾けてみせる、ハンナは笑ってあちらへ行く。ユリは茎一本には重た過ぎるほど花や葉がつく、上はまだ蕾で、下のは咲き誇るという感じで惜しみなく大きい。開き方は下から順なのだろうか、とカンは法則性を見つけたがる、花粉を持つ部分は風が吹けば揺れる。カンは眠りに浅く沈んでいこうとする、ラジオのスイッチを入れて耳のすぐ傍に置く、英語なのでよく分からないが、楽しい歌であることは確かだろう、音がそうだ。

立体の湯の中、双子はそれぞれ移動し、ハンナは奥さんの補助にまわる、奥さんは胸の大きさが分からないようずっと屈む姿勢なので、ハンナは心もとなく目を逸らし、双子は全ての風呂に、腰まで浸かっては出ていき、湧き出す湯の出口を塞いで遊び、すぐにもう出たいと言い出す。脱衣所を這いずる、知らない湯上がりの乳児をハンナは見ている、服は体をひどい摩擦から守る。子ども服はサイズが小刻みで、すぐに萎んで脱ぎ捨てていく殻だ。遠慮がちに、フォームが分からないなりに這っている。母親らしき人が、隅の消火器に向かうその体を脚で防いでいる。乳児は赤い目印に向かう、行かせてもらえないので長く泣く。母親は濡れた髪と体でもう衣服を身につけ、慌ただしく抱き上げている。

「見てましょうか。抱いてましょうか」

と奥さんが言い近づいていく、こちらには人手があるので余裕の顔だ。母親は謝り、じゃあ髪だけ、と急いでドライヤーを握る。その風でうるさい中、奥さんは乳児を抱きながら母親に大声で話しかけている。力になりたいと思うのだろう、ハンナは両手で双子を押さえながらそれを見ている。双子からは汗と湯の混じったのが垂れ落ち、柔らかくなった手でハンナはそれを拭いてやる。

「この子たちが、こんな大きさに戻ることはもうないね」

とハンナの方に乳児を見せに来て奥さんが呟く、当たり前だと思い、周りの音も大きいのでハンナは黙っている。

「他の同い年の子を見るのは好きじゃないの。この子たちは体も小さいし遅いでしょ、比べたりするわけじゃないけど、違う子たちはここまでできてる、って思い出して、自分の子たちの動く姿と重なっちゃうの。そしたら何重にもなってブレて、自分の子たちが見えにくくなっちゃうでしょう。このくらいの赤ちゃんなら違うものだから、全然関係ない」

と、ドライヤーで遊ぶ双子を見ながら奥さんが続ける、双子は体を比べ合おうと並ぶ、風が湯気を押す、乳児の顔の歪みは笑顔に見える。古くなり、形の崩れたスニーカーが靴擦れを作る。働き終え、影は私を表さないなと思いつつ眺めながら歩き、ハンナはブックオフに行き外国語の、英語の次に参考書の種類が多いようなのを探す。本さえ手に入ればどれでも覚えられる、どれも役立つとハンナは思う。子どもへの適切な接し方が書いてある本もないか探してみるが、一冊全てに価値のあるようなのはなかった。カンがあのようである限りは、団地のすぐ近くで探さなくてはならないが、仕事など相手がいれば、どこででも生み出せる気がハンナにはする。誰かの力になることができる。学歴があればもっと、おそらく自信を持って教えたりできるのだろうと、ハンナはいつも残念に思う。専門学校には行けなかったが独学で、保育士の資格はきちんと一回の試験で取った。参考書を四冊買った、手近なものを見つけて済ました、選択問題だったので、記憶から滑っていく単語を、読解力だけが助けた。保育士証は水色の薄いファイルで、少しの間立てて飾っておいた、不必要なほどの大きさがあった。図鑑のコーナーに恐竜のものもあるのでめくってみる。カンが恐竜が好きだと聞いた気がする、でもこんなに大きくては、ベッドの上では読めないか。図鑑は重く、手首がぶれて落とすかと思ったが、バランスを取るのが上手いので維持できる。買ってきた本は飾り、何枚目かも分からないほどの、団地を守る会の署名用紙を作成する。頭で数えていないが、第何回、という太字は数を増やしていくので分かる。粘り強く、団結していくのが大事なのだ、周りは不思議と関心を失っていくが。変化がないのがむなしいのだろうか、でもこうして、題字の数字は増えていくではないか、とハンナは考える。自分が何も手出しできないところで、という意識が育つのが悔しくないか。積み重ねだけが何かを呼ぶと、形あれと願わなければ形はなくなってしまうと、ハンナは思っているが、違うか。決意に目が燃えた、頭の冷える部分との温度の差で、涙が危うく出るところだった。この紙で、何かがもっとみなぎっているような印象を与えられないだろうか、文言を変えるか。言葉しか、ここには書かれていないのだから。業者との連絡窓口の係は今ハンナで、交代のはずなのに一年くらいずっとハンナで、会合があれば年寄りたちがハンナの背を押す、時々の要望をハンナに向け叫ぶ。業者から持って帰ってきたハンナの説明に、大仰に疑問を示す。聞き、伝える力に自信のある、努力もできる、ハンナが橋となっている。土地がダメになりそうなら補強してほしい、どの棟もスカスカなのだから、安全な棟にみんなを集めればいい、できるだけ期間を引き延ばせばいい、自分だって土地なき時から、不毛の地から耕してきたわけではないが、自分たちのという意識は強くあり、まだ工夫のしようがあるだろう、とハンナは憤っている。団地住民も飽き業者も飽き、でもカンは真剣な顔で、署名用紙に最初に名前を書く。いつも筆ペンを出してくる、最近カンは転倒を恐れ、すり足で進む。スーパー銭湯に行った後から声が出にくくなった喉を押さえながら、ハンナは外の庭にある、各棟割り当ての倉庫に向かう。夏の用具をしまっていたはずだ、小さな椅子でもあれば、子守りの時にも便利だろう。あちらから少女が一人、リユリが来る。小学生などは苦手なのだがとハンナは思いながら、大げさに微笑んでみせる。子どもと一対一なら、怖がらせないようにするのが大人の務めと思っている。コンクリートの割れ目から、運良く生えてきたような草たちが、倉庫の裾を覆う。

「開けるの?開けれるんだね、そこ」

とリユリは倉庫の赤い、錆びた扉を指差す。喉が痛くて声が出ない、とハンナは口と手の動きでやって見せる。リユリもつられて声なしで、表情だけで答える。リユリと仲の良いマオも来る、手でしきりに長い前髪を片側に寄せる。

「私たちも入っていい?」

とリユリが聞くので頷き、子どもの声にはすぐ媚びが表れる、それしか方法もないからかわいそうだが、というようなことをハンナは思う。テープで区分けされた自分たちのスペースに、カンとハンナのものが集まっている。虫が飛ぶ、ハンナはその憎むべきものを振り払う。マオは虫の羽音などは、あって当然のものとしている。冷気が染み渡り外の風も届く、少女たちは腕を持て余したように振っている、靴で地面を叩く。使えそうなものは折り畳まれたプールしかなかった、空気を入れずとも壁が立つタイプのだ。

「暑い時に、ここでこれに水入れて遊ぼうよ」

とリユリが、唐突さで何か制するような速さで提案する。リユリの家はここではないし、マオは団地に住んではいるが上の方の階なのでそうなった場合、水道代はうち持ちだがとハンナは思う。でも幼い頃からそうだった、部屋が一階で庭があるから、プールはいつもうちでやっていた、それでカンに申し訳ないという気持ちが、確かに早くからあった。一階は避難には便利だが。

「でも一週間後とかがいいかも。生理なっちゃってるから」

とリユリが、もう、どうしようもないんだからというような顔でハンナを見る。セックスをその生理で断られたような感じを、ハンナに与える。

「生理は終えられないもんね。手術もしてもらえない」

とハンナは言う。マオは生理も始まっていないし、よく分からないので続く説明を待つ、暇なので髪を束にして嚙んで過ごす。少女たちとの会話が、愚痴や警句ばかりになってしまうことを恥じながらハンナは、

「じゃあプールはもうちょっと暑くなってから。生理の被らない日で、タミキとかタイラとかも来れる日で」

と、喉に負担をかけないささやく声で言い直す。小さな声で話すため、少女たちは聞き返す。声に負うところは大きいと、ベビーシッター中にも思ったことをハンナは思う。適当に言うだけで済んでいたものが、声が出にくければ近くへ行き、大げさな表情で何か伝えねばならない。ハンナはプールを抱きかかえる。間が空けば忘れてくれるかもしれない、もしプールをするなら、カンには足でも浸けさせてあげよう。庭に椅子を出して、子ども

たちの何でも、よりおもしろがろうとするその意気込みに間近で触れれば、カンも励まされるだろう。プールに水を溜め、終われば全部捨てるくらい、カンのためだと思えばできる。プールはもういらないから、その後欲しい子がいればあげよう。

約束は忘れられることなく、プールの日が来る。カンもいるから配慮して、透けないシャツと短パンとかでというハンナの指示に従い、少女たちはそういう服装で来る。

「これお母さんが。プールするなんて大変なんだからって。ありがとう」

とリユリが箱入りのチョコレート菓子を差し出す。

「うちはそういうのはなくて」

とマオは俯く、ハンナはとてもよく分かる。子どもの頃なら、洒落たことができる親を持つ子だけが、洒落たことができる。ハンナは入らないの？と二人が尋ね、

「今、生理だし」

とハンナはその不運へ向けて、憤るような顔をしてみせる。生理だ、とても不運だ。マオも知らないながらも、同じような顔をしてみせる。

「冷やさないようにね」

とリユリはハンナのお腹に両手を当てる。なってからずっと聞いてきたような、それと薬と安静くらいしか、方法はないようなアドバイスだとハンナは思う。プールの準備で濡れ

た両手だ、これではより冷えてしまうかと思い、リユリは手をハンナから離す。タミキとタイラがやって来る、兄弟はベッドのカンに何か見せている。カンは杖をベッドの横、床に寝かせて置いていたのでは取りにくいだろうと、ハンナがラップの芯で作った杖置きから取り出し歩き、プールの近くに寄る。滑っては大変だ、それで子どもたちの高揚も台無しだと思い、カンは注意深く椅子に腰を落とす。ハンナはそれを補助し、後は参考書を開いて時々子どもたちを眺めている。

「これプールさ、俺が鉄の板で、滑り台作ったな。水も流すとよく滑ってな」

とカンは言い、むくんだ脚を揉む、ホースの出口を押さえ鋭い水にして、子どもたちに撒いてやる。ハンナは本で読んだ、ペットボトルのシャワーを作ってやる、親切ではなくただの、技の披露だと思いながら。リユリとマオは庭からコンクリートのところに出て、水で模様を描いている、それだけで二人は何時間でも過ごせる。

「虫踏んだ。結構大きい」

と、制御の利かない足を持っていたため、足が間違ってしまったという顔で、タイラが裸足の裏を見ている。顔を近づけると、そのアリなどではない大きな虫は半分なくなり、蘇生は無理だ。もう半分が足もとにあり、タイラはそれを手の上で繋げてみる。これでは自分の大きさが自分で分からず、一つの身の振り方が何か引き起こしてしまう戸惑う巨体だ、というようなことを、弟を見てタミキは思う。構わない、というジェスチャーを、カンはタイラにしてやる。構わないよね、という顔でタイラは頷く。彼らは遊びを続ける、プールの水には土や草など混じっていくが、そういうものは子どもたちには見えない。

「ああやって遊べるなら、置いといてやったらいいんじゃないか、捨てなくても」

とカンが、乾いたので折り畳んだプールを、ゴミ袋に入れているハンナに言う。音を聞き、わざわざ玄関まで歩いてきて言う。目算では入るはずなのに、全くゴミ袋で包みきれないことに腹も立ってきていたので、ハンナは大人しく頷く。

「夏本番はまだなんだから、片付けなくてもいいのに。でも部屋に置く場所もないか。俺が持っていこうか」

とカンが言い、それならばついて行ってやらねばならず、ハンナはカンとプールを両脇で抱える形になる。倉庫には青いプラスチックの、四人向かい合って座れるテーブル付きの椅子、夏には毎年出して子どもたちはみんな来て、そこで何か食べたりした、あれもあるはずだとカンは思い出し伝えるが、

「あれはもうないよ、お尻の部分が割れて、誰かが怪我して、その子の親にすごく謝らされたよ」

とハンナは答える。

「それは俺は、気に病んだだろうなあ」

と言いながら、昔は前のめりに、迷いなくここを歩いたものだがとカンは思う。その動きでも思い出したのか、足が大きく揺れて肩がハンナの肩に当たる、手を刀にして謝る、そのカンの手をハンナの厚い手が握る。カンのもう片方は、手に優しい布を握る、涙がしきりに出て目が爛れるので、それを拭き取ってくれるものだ。せっかくなので、カンは砂地にわざと足音を響かせる。体は今でも、ただの痛みの土台などでは決してない。しかし白目の境界は滲み皮ふに埋もれ、白目はどんどんなくなっていくようだが、手ばかり大きくなるようで、とカンは思う。

「また来年の夏だな」

とカンが、倉庫に横たえたプールを叩く。この暑い夏を越えればあの厳しい冬を越したらその次の夏の、と待ち受けつつ恐れながら、積み重ねていくのだろうとハンナは思う。長い地下道を行って、地上の一点を目指す時、どこで曲がるか分からなくなれば、何度も一旦地上に頭だけで立ち返って、それで今いる位置を想像するような、そういう風に、カンのことをいつまでも思い出すだろう、死ぬと誰かの目印になっていくんだろう。上を向き、涙は目の奥に吸収させようとするが無理な話だ。細かな繊維でできている、羊の角のように巻く枝がある。中が空洞でも木はまだ立っている、倒れそうなの同士が、高い枝をワイヤーで結ばれバランスを取る。カンとハンナの手も繋がれ、今ひと続きになっている。

4

自然のあらゆるものを語れるなら楽しく、目を瞑っている暇もないだろうとタミキは思う。担任の教師は理科を専門としているので、授業中や校庭でも隙あらば、身を囲む不思議を見つけて提示し、子どもたちの興味を引こうとする。ダンゴムシが白い子どもを数匹抱いており、教師はそれを手のひらにのせて解説する。他のクラスの列が後に続くため、短い説明の後、教師はダンゴムシを地に落とす。中学校にいたのが、免許を持っていたため小学校に鞍替えしてきた、だからこの教師の、中学になったらこうだという脅しにはとても説得力があり、子どもたちを怖がらせる。ダンゴムシは次々迫りくる子どもたちの足から身を守れるだろうか、虫を踏み潰さないように、運動靴の底には窪みなどあるのだろうかと、タミキは考えながら歩く、全身で子どもを抱いての移動はどのようなものだろう。ハートやクローバーの絵で彩られた門の、正面は邪魔になるのでその脇で、クラスごとの記念写真を撮る。動物たちの家族構成、祖国の説明、タミキは貼られた文字を目で追う、説明を求める。リクガメは刻まれたサラダを食べる、ずっと細かく震えるアヒルの横の、飲み水は濁る、ワラビーは自分の尾の上に座る、羊の体に骨が浮くがこれは正常か、山羊はそうせずにいられないのか飛び石をずっと飛ぶ、体が小さいほどにコミカルとなる動きをタミキは眺める。彼らの幸せは園にかかっている、それは不自然ではないだろうか。しかしたとえば羽根の抜けた老鳥などは、動物園でしか見られまい、森では飛べなければ死ぬのだろうから、というようなことをタミキは思うが、それで納得はできない。全て少し人間が上から見るようになっているからか、垂れ目で、どの動物の表情も沈んで見える。入園無料の動物園にしては大きく、だが何度も訪れているような場所なので、みんな飽き飽きしている。動植物の写生という使命を早く終わらせ、広場を走りたくて堪らない。触れ合えるコーナーでタミキは手を伸ばし、ウサギの短い毛を撫でその柔らかさだけを楽しむ。よく来るが、贔屓の動物ができたりはしない。まず写生だ、描かれるべきものがここにはあるのだ。

「暑いから資料室行こう。骨とか標本描くわ、俺。あれなら動かない」

とタミキが言う。タミキの考えはいつも新しく聞こえるため、周りもそれに倣う、ヘラジカの、降るもの受け止めるため広げたようなツノを見上げる。どれもガラスのケースに入り、角度をつけて見せたいものは吊り下げられ、皿立てに立てられ、金網に縛りつけられる、鳥の剝製は飛び立つ姿勢でいる。手のひら大のサルの頭蓋骨を、歯も骨も一緒の色で白く乾き、決して重く暗いという感じではないのをタミキは描いていく。骨には、動物たちの優しそうな目がない、それでとても遠い。骨だけでは殺風景だからか、背景の壁は写真だ、なぜか宮廷のダンスホールのような、シャンデリアが吊られた部屋の。

「かっこいいな、骨かっこいい」「剝製ってどう作るんだろう、結局。ミイラ？・」「それ先生に聞いてみたら、嬉しそうにするんじゃん」「そうですね、不思議ですねえ、考えてみましょう、っていう謎タイム」「不思議おじさん」「ウォンバットの写真見て描こう、写真って描きやすいなー、動いてなくて」「骨も描きやすいなー」

と言い合い、彼らは全てに目を凝らす。大きく描き、迫力ある絵に見せる工夫をする。自分が見たままの陰影をつける。森を下から見上げたような柄の馬と、脚だけ黒い馬、こちらまでそのにおいが届く、その尾の動きをマオは眺める。確かああやって、自分のにおいを周囲に広げているのだとマオは、自分がテレビで知っただろう知識を思い出す。家にはおもちゃがない、娯楽はテレビしかない、マオは大人になって稼げるようになればまず最初に、大きなおもちゃを買ってしまいそうな自分を恐れている、大人になって、必要なくなっていればいいが。マオは長い髪、このくらいなら胸の前に持ってきて、自分で見ながら切り揃えられるので伸ばしている髪を、しなるのを頰に当て感触を楽しむ。横を保育園幼稚園くらいの子たちが、親と通る。母親たちは暴れる子を悲しそうに、目線だけで何か感じてほしいと見つめている。くくる髪にリボンを巻き、ハイソックスに鈴がつき、イヤリングもしている。保育園も、覚えたと思ったらすぐに次の歌を覚えさせられる場所だった、とマオは思い出す。歌えなければならない季節の歌はいくらでもある、みんなすぐに切り替えられる。切れ目も分からなかった、気づけば次やる歌が、もう始まってしまっていた、とマオは思う。リユリがあちらから、同じクラスの友だちを振りきってやって来る。来なくていいのに、と思うがおもしろくも感じる。

「虫多いね、やっぱ」

とリユリは手で耳をカバーしている。

「見えるより聞こえる方が嫌なんだ」

「耳は蓋ないから。マオ馬描くんなら、私もここで」

とリユリは笑う。写生は人の邪魔にならないところで立ったまま、という指示があったので、スペースを得るため互いに押し合い端の壁に落ち着く。マオは馬の細かな特徴を捉え、しかしバランス悪く描いている。馬は落ち着かないのか動く、スピードとスタミナを持つはずの馬たちだ。小さいが、その気になれば馬車をひいたりもできるのだろう、その気になどならないか、とリユリは考える。馬の顔が決してそう向かずとも、横からの顔が描きやすいためその角度で描く。二頭は寄り添い舐め合い、絵にはそのどちらもの要素が入ってくる。黒い脚の馬のたてがみは、細かく分けてくくられており描きにくいため、そちらではない方の、切り揃ったようなたてがみを描いていく、自分は器用なので便利だとリユリは思う、全てのことを、手先の器用さでカバーしている気がする。でも見ているとみんな、器用さか運動神経かセンスのいずれかで、何でも乗りきっているような気がリユリにはしている。馬はもうできてしまったので木も描き加える、色々ミックスされた森となる。整列の前にトイレに行きたくなり、タミキは急いで走る。坂の中ほどにはバーベキューのできるテーブルが並んでおり、それより登ったところにある、小山のまさしく頂上にある、教科書で見た武家屋敷のような外観のトイレに入る。用を足して出ると、他の小学校なのか、すれ違うタミキに同い年くらいの二人組がぶつかってくる。

「はい、当たった。決闘ー」

と大きいのが言う。木は増えたように感じられ、彼らは山に隠れる。道の端に木の杭が横たえてあり、いざとなればあれでいこうとタミキは思う。荒削りの、あれでは地面に打てそうにない杭だ。タミキは足で踏ん張り、大きいのと目を合わす。タイラと一緒の時でなくて良かった、弟ならもうここで、恐怖の気配に叫び出す、もしくは兄が横にいるということに勇気をもらい、大きいの目指して走り出すだろう。ではタイラとは、安全だと決まっている場所にしか、共には行けないのかとタミキは残念に思う。大きいのは少し考え、頭を左右に振り、決闘だ決闘と言っている、二人組は何か誇る獣の声の調子だ。タミキは杭を一本持ち上げる、迷いのないひと続きの動作がある。矢のようにではなく、当たっても幅広の部分であるような角度で、二人組に向け杭を投げる。それを避ける動きと合わせて、タミキは砂地の丘を走って下る、急斜面では一瞬、鞠のように転がる。風で落ちた木の枝など絡まる、枝が皮ふを破るくらいのことはあるだろう。おっおっ、と二人組は慌てている。砂地はバーベキュー用のテーブルへと続いて、もう酒を飲んでいる大人たちは鈍くなっており、茂みからタミキが出てきてもそんなに驚かない。バーベキュー食っていくか、とタミキは肩を抱かれる。注意などされない分ありがたかったが、タミキはアルコールのにおい、母親が気分を変えるという名目で頻繁に飲む酒のにおいを、とても苦手としているため、

「遠足中なんで」

と断り走る。酒で確かに母親は陽気になり、細かなことを気にしなくなる、飲んでいなければ、いつも家族のことを何か気に病んでいる。母親は自分が幼い頃、親が自分にしたことと、してくれなかったことを、タミキとタイラに訴え続けるので、タミキは祖父母が好きではない。二人組はここの地理には疎いのか、こちらに追いつくことはない。知っていることだけが自分を助けてくれる、とタミキは息を弾ませながら、もといた集団の中に紛れ

込む。受ける方、被る方は選べず、狙われた時点で損は確定だというようなことをタミキは思い、あれくらいの巨体が自分にもあればいいがと何となく下を向く、とても細かな砂だ。列になり学校への帰路につく、羽を持つ虫と持たない虫どちらもやけにいる、用水路の水がひたすら進む。校区ではない、門のすぐ横にピンク色の六角堂があるこっちの小学校は、六角堂があるだけで自分たちの学校より価値がある気がタミキにはする、由来も用途もよく分からない建物だが。長い廊下、丹後丹波、という書写がずらりと貼られている廊下を外から眺める。

病院ばかりが入る建物の、向かいでは大きな家を取り壊している最中で、もう家は顔を失いつつある。見にくい自身の目に耐えられなくなり、オオハルは眼科へ行く。高校の時には飛蚊症(ひぶんしょう)でないかと親に言われて、まだそうだろうか、より重篤な何かだろうか。視力の検査から始まり、横のおばあさんもそうなのか、長い和歌を読まされている。次に座っておくように言われた場所がいまいち分からず、手近な丸椅子に座り、和歌読み上げのおばあさんに少し体を避けられる、その丸椅子で長い時間が経つ。電車で座っている一人が前か横でも向いて、えっ、という顔でもすればつられてみんな疑心が芽生え、えっ、と目だけで何か異物を探す、そういう静かな混乱がオオハル一人の中で起こる。こちらです、と指示をもらい診察室に招き入れられ救いを感じる。今日は運転などはしないか聞かれ、瞳孔を開く目薬を入れられ、細いライトを間近で当てられ続け、写真を撮るため、眼球を小刻みに一周も二周もさせられた。頭にくるぐらいの眩しさに吐きそうになり、歯を嚙み締め鼓膜が張った、台から顎が逃げ何度かの中断があった。頼んでしてもらっていることだが悔しくなってくるほどで、やはり診断は飛蚊症で、目の中のゼリーが縮んでおり、貼りつくような形であり、それが視界に入っているらしい。

「血圧は大丈夫?・飛蚊症が病気のサインの時もあるから。視野の欠損など、起こらないといいですね」

と医者が言い、この意気込みで何か変わるという勢いで、

「本当にそうです」

と答え、血圧か、測らないだろうなとオオハルは思う。目の断面図が医者の横の壁には貼られており、この人はこんな数えられるほど少ないパーツの、小さく柔らかいものと毎日向き合って、とオオハルは不思議の感に打たれる。確かに眩しいと思いながら、オオハルはできるだけ団地の日陰を歩く。向こうから下校中の小学生たちがやって来る。タミキは一番褒めてくれそうなオオハルに、この前の動物園での出来事を話す。二人組は喧嘩したがっていたが、それにはノッてやらなかったことを、弟をからかう奴らで慣れているので、話し合いも無駄だと分かっていることを。

「杭で突いても良かったんだけどね」

とタミキが言いそれは強がりだろうが、そうして暴力が成功していけば、もっと強さだけを獲得すればいいと、子どもたちは思ってしまうだろう、大きくなり圧せばそれでいいと、考えてしまうだろうとオオハルは思い、

「賢い、無駄なことをしなかったのは」

と答える。少年などは親切から最も遠い年頃だ、自分も貧しい良心で、何とかやっていたのだとオオハルは思う。タイラが、靴紐が思い通りにならないことを叫んでいる。

「普通はそんなに、激しく怒らないみたいよ、これくらいでは」

とタミキは紐を直してやる。タミキはタイラの不満の表情を受け止める、弟には紐靴は早いのではないかと思う、まだマジックテープだろう。タミキは規範意識というか、そういうのが強い、弟の分もカバーしようとするからだろうかとオオハルは思う、もちろん自分も姉の足りない部分を補い、部屋の掃除などしてやるが。注意力のないタイラの無法な行動を、タミキは非難したりしない、年下が足手まといになるのは当然としている。弟が兄を指針とする日も来るのだろうか、とオオハルは眺める。兄弟は石同士を擦り合わせ、それで形が変えられないか試している。タミキはあくまで普通にこだわりたい、普通については、人より考えるところがある。弟がいなければこうではなかっただろう、自分だけな

ら、自分の思うままにしていれば、だいたい普通だっただろう。幼い弟に説明し、それに沿わすというのは至難の業だ、自分は説明だけが、どんどん上手くなるだろうとタミキは思う。タイラは他の学年の教室にでも、入っていって座席表を眺め、どの名前も覚えようとする。おもしろがる奴がタイラの前に現れ、俺の名前は何だと尋ね、もちろん答えられるタイラを、ほらこんな、と周りに大声で知らしめる、それでみんな苦笑い、ということはよくある。でももっと幼い頃なら弟は、一度思いついたことは全て口にしていた。それは今まだマシになった、昔より、ものを思いつかなくなっただけだろうか、時を重ねて、何も話さなくならないだろうかとタミキは考える。弟の小さな胴を後ろから励ますように抱きかかえる、攻撃のために締め上げる、その両方を同時に行う。タイラは口を開けて笑い、体のねじれを戻そうと暴れる。タミキとタイラのベッドは並んでおり、横に寝る。子ども部屋は今、眠る部屋と遊ぶ部屋で分けてあり、大きくなれば別々の部屋で眠り、遊ぶだろう。弟は毎朝起きた瞬間から、起きられて本当に嬉しいという笑顔だ、小さい頃からいつもそうだ。部屋が分かれて、それが見られなくなるのはとても残念だとタミキは思う。昔から、タイラは遊びに行く時の鞄は紙袋だ。気に入っているのがあるわけではなく、ボロボロになると母親が新しいのに替える。恐ろしいほどの赤色の時も、酒のボトル用の細長いのののこともある。自立するし、中が見やすい、どこかに忘れて帰ってきても、盗られずそこにある可能性が高い。タミキは自分だけでも、ものを失くさないよう気をつける、余計な出費をさせぬよう努める。タミキは母親の見るもの、恐れることを察し続ける。母親は二日酔いになれば、ためらいながら頭痛薬を飲む、頭痛薬飲んでもいいかなあ、とタミキに聞く。タミキはその時々できちんと考え、しかしいつも、苦しいなら飲んだ方がいいと助言する。

大学の後輩が貸してくれたらしい、生み終われればまた返すらしいそのモルモットを教師は指差し、水槽の底には犬用のトイレシートを敷いていると説明する。これで子どもたちは生殖を生で見ることができる、教師はこうして、他のクラスとの差異をつけたがる。脚のピンク、腹が膨らみひし形の輪郭をタミキは眺め、この柄と色も子は親に似るのだろうかと考える、自分が思い浮かべる必要などまるでなく、もうこの中で決まってしまっているだろうが。リユリは作文を仕上げるのがとても早く、もう教師の机に、原稿用紙の二枚目を取りに行っている。早さだけが価値ではあるまいが、タミキは自分もできるだけ早く、失敗なくやり遂げたい。リユリほど素早く書ければ、原稿用紙が汗で湿っていき波打つこともないだろう。暑さに揺れるような文字になってくる、タミキは頭が良くなりたい、与えられたものの限界を超えたい、学びで全てカバーしたい。ペンの持ち方がおかしいので、親指の中央にタコができる、彫りつけるように書く。見落としはないか、テストを解けばタミキは充分に確認する。どうしても周りと点数を比べてしまうが、それはもう結果の出た、自分と関わりない、ただ数字同士の争いだと自分を落ち着ける。兄弟は団地に遊びに行く、紐付きの水筒だけをそれぞれ肩から下げる、彼らに夕日がまぶされる。一階のカンの家は庭の小物を布で覆っており、傷んで小さく崩れ壊れていくのを、歪んだのをそのままにしている。カンがいないか覗き込むが見えない。転がる傷のついたバケツ、古くなり傷さえ削られ、ぼんやりとした表面を持つのをタミキは眺める。タイラは年上の子たちが、壁渡りの遊具で、ボールを使って遊んでいるのに近づく。交ざりたくて寄っていけば声を掛けてもらえると、信じているのならそれは良いことだ、希望の持てる場所だ、というようなことをタミキは思う。タイラは後ろにいる兄のことも忘れ、年上の子たちのやっているボール遊びを大きな声で実況する。年上の子たちはタイラのその幼い口調を笑い、真似し、自分たちが年下の子たちのより良き手本となるよう、ボールをもっと遠くに投げる、あのくらい小さかった頃に思いを馳せる。タイラはその速く動く、蛍光色の靴下に憧れる。団地は広過ぎ、それで方向感覚がなくなっても歩き、偶然による道の切り開きを、余裕のある時なら子どもたちは楽しむ。木にビニールテープが一周巻かれ、番号が打たれている。これは切られる順を意味するのだろうか、団地はいつか壊すのが決まっているからか木は切り株が多く、それがタミキには気がかりだ。タミキにとって、順番というものはただ恐れの対象だ。

「今日はハンバーガー大会だって、母さんが」

「ハンバーガーにマヨネーズと、焼肉のタレも塗ったらいいと思うんだけど」

とタイラは言い、何か新しい考えが浮かんで嬉しいのか、思いついた感動を隠さずに、見せびらかすような動作をする。無意味に引き抜いた葉を、楽々と捨てたタイラの手を、こちらから迎えにいってタミキは繋ぐ。走ってどこか行かないように。

「てりやきバーガーみたい、そしたら」

「タレと、チーズも挟む」

「てりやきバーガーって普通、あんまりチーズ挟まない」

と答え、タミキは想像する、ホットプレートを母親が出してハンバーグを焼き、パンは各自で上と下に切り分けその熱い板にのせあたため、野菜があればそれも挟むだろう。母親は酒の準備をする、氷が冷凍庫に充分になければ舌打ちする。美味しいか、母親は息子たちに時々尋ねながら、強い酒を水や炭酸で割り少しずつ、ずっと飲む。タミキは割る水を、多めに母親に渡す、澄みきる透き通る水。染みるアルコールが、タミキの目を閉じさせる。母親の嘆きの声は続き、父親は遠慮がちにそれを見ている。タイラはそんなことは気にしないため、ハンバーガーを想像し、はしゃぎ慣れていないものだからやり過ぎて、全身で転げ回るようにする、気が急くのか、家の前の坂はいつも駆け上がる。タイラが転び、タミキが良いタイミングでフォローしたが、弟の目のキワには、切り離された爪のような傷がついた。もっと引っ張ってやれば良かった、まだ余力はあったのにというようなことをタミキは思った。タミキは遊ぶ部屋の、並ぶ二人の勉強机の、弟の方の椅子に座って宿題を始める。漢字の、書き写すだけの宿題も、最後は手本を見ずに書く。調整可能な椅子はタミキにはとても高く、しかし調整して変えるとタイラは後でパニックを起こすだろうから、慣れないその高さのまま座る。机に積み上がるものたちは学習の妨げとなるだろう、タイラの書いたメモが、タイラの書き文字が散らばる。前の棚にびっしりと貼られたシールの細部までを眺める。小さい体に戻ろうとするように、タミキは時々タイラの机を使う。大きくなれば、反抗期でも兆せば、自分はどうなるだろうとタミキには想像がつかない、タイラに優しく共感できるか、親を無視するか、殴り蹴るでもしたくなるか。夕食だと母親に呼ばれるまで、タミキはそこにいる、卓上ライトも違うので、明るさも自分の机のと異なる。家の冷蔵庫に焼肉のタレはなく、タイラは自分の予定通りにいかないことに憤っている、母親はそれと同じ勢いで怒り、

「じゃあもう食べなくてもいい」

と言い捨て、食卓から離れた椅子で酒を飲み出す。醬油とゴマ、それがタミキに考えつく

ものの全てなので、コップでそれを混ぜてタレを作り、これでは少し違うだろうがと思いながらタイラに渡す。母親がそれをやたらと褒める。

「ハチミツとか酒も入れるんじゃない」

と父親が言うだけ言う。酒だったらこの部屋のにおいだけで、もう充分だろうとタミキは思う。焼肉のタレなら瓶だがと、不服ながらもタイラはそれを使い、タミキのタレは粘性もなく、塗ればパンにすぐ染みる。母親は自分が最も酒を飲む力に溢れていた、大学時代の話を好んでする。飲み放題ならカクテルを、メニューの一番上から順に飲んでいった、同じリキュールを使っているのが続くから飽きた、みんな店を出て溝に向け吐いた。タイラは大人しく食べている。ハンバーガー大会は、でも初めての時が一番楽しかった、くり返し行われることは全て、上達を目指すべきものだろうか、前回を上回らないのなら意味を持たないか、というようなことをタミキは考える。

モルモットの水槽に席の近い誰かが、先生、もしかしたら、と勇気を出して発言する。本当だ本当だ、と教師は両腕を挙げ、湖のような脇の汗染みがその子には見える。みんな、自分が最初の発見者になれなかったことを残念に思う。

「偉いなこの子は、ちゃんと理科がある日にこうなったな。夜でもなく。じゃあこの時間と、四時間目の理科を入れ替え。生殖のプリントと、筆記用具持って水槽の前」

と、この生殖にあまり関係もない教師が張りきって、前の方は姿勢を低くするよう指示する。机の中は狭く詰まっており、みんなプリントを出すのに手間取る。教師は iPad のカメラを構える、早口で何か、周りの理解を求めるでもなく喋っている、学生時代の研究でも思い出すのだろう。タミキはこういう時の場所取りが上手いので前へ行ける、食べかけの乾いた葉や散らばるフンは、除けなくてもいいのかと心配する。もう頭が出ている、小さい、小さいからかわいい、と女子が騒ぐ、感動の数だけ打ち鳴らしたいと叩く、細かな動きの拍手がある。

「馬だったら生まれた子馬が母親の体を蹴って、へその緒もそれで切れて、離れるんだよ」

と教師が言う。あちらは苦しそうで、こちらは努力抜きで見ている。丸いのがお腹の中にできて、そう、ここ、とタミキはプリントの絵を、流れるように変化、成長していく核を指差す。ここ、形になるチャンスだけを親が与えて、あの、意味を成さないような最初の丸が生まれた時が、出現というもの。できたての体が出てくる、いや生み落としの瞬間にでき上がったわけでもない、形が今現れ出たというだけの。

「あれ、毛が生えてる、冷凍マウスは丸裸でピンクだけど。お父さんがニシキヘビの餌にしてる」

という誰かの声が、みんなを少し白けさせる。子は表面に膜張り、さっきまで共に腹の中にいた、あと何体かの出現を待つ。表面の膜は、母親が手早く食べ尽くす、子は何も分かっておらず、親は全て分かっているのだろうか。生まれたー、どんどん生まれるーと女子が声を上げる。男子はおおかた黙っているので、そうしておくのが普通だろう。しかしタミキは何度でも、生まれ出た、生まれ出た、と小さな声でくり返す。

5

何もかもバランスを失い揺らめく暑さだ、朝の葉の上の湿りなどすぐに蒸発する、夏を喜ぶ緑の木さえ枯らす、内に熱をこもらせ爆発を予感させ、薄いビニールやアルミのゴミなら溶かすようだ。暑さで胸苦しい、強く冷たい風が吹けば嬉しい。猛暑で子どもたちも、自転車で行き過ぎるだけの広場をフサは歩く。子どもたちは日陰を求めてさまよう、団地は広く、探せば陰はいくらでも見つかる。玄関ホールや廊下でカードゲームを広げていても、脚を大きく開いて避ければ良いだけなので大人たちも怒らない、この夏はみんなで、我慢しながら乗りきるしかないだろうという雰囲気だ。さすがの温厚なフサでも、陽は草木花のみに当たるが良いと思ってしまう。通路の工事をしており、取り壊しへ向かう大きな一歩でなければいいが、と思いフサは一応立ち止まって、警戒する団地住民としての顔をしながら通り過ぎる。警備の人に、ご苦労様ですと挨拶だけはする。重ねられた、フサから見ればそう古くもない、なぜ掘り返されるのか分からない石のタイル、これも熱を持つ。フサは炭酸水のペットボトル、果実酢などでもない普通の酢を、ほのかに垂らし香らせた最近愛飲しているのを、手提げ鞄から取り出して飲む。暑くて味などはどうでも良くなっている。団地は広く、まだ出られない。フサはウルミの部屋のある棟を通り過ぎようとする、自分の娘のように思っているので、ハンナやウルミの部屋の前を通る時は、必ず見上げたり覗き込んだりする。二階からウルミの声が、それと言い争うようなハンナの声も聞こえてくる。

「どうしたの、どうしたの」

とまだ一人でいるのに言いながら、あの子たちの大事であってはならないと、フサは狭い階段を上がっていく。チャイムで呼びウルミに開けてもらい、窓が開いていて蒸し暑く、この子は夏も初め頃から絶対にいつもクーラーをつけるのに珍しい、と思いながらフサは部屋に入る。

「暑いよね、部屋の整理しようと思って、埃舞うから窓開けて。終わったらシャワー浴びるからと思って。でも今ハンナの説教タイムなんだよ」

とウルミはハンナを顎で示す、どちらも汗が顔に水滴で浮く。化粧水などを、叩き込めば染み込むというのは幻想だろう、若い肌なら跳ね返す、老いればただ表面の皺に留まる、とフサは思う。

「言い方。説教っていうかさ、何で団地の、立ち退き反対の、署名ももうしないの?ってい
う話じゃゃん。署名くらいできませんかっていう」

「そこまでして、団地にずっと住まなくない?別にいい思い出ばっかりあるわけじゃない
じゃん」

「親が捨てていった団地だからってこと?」

「うちの親は団地も子どもも捨てていったってこと?ハンナだって永遠に住むんじゃない
でしょ?カンが死んだらどっか行くでしょ?それまでの自己満足じゃん」

「そこまで言ってないよ、大人になってからで、親に捨てられたも何もないよ。私だって
親はいないよ、カンしかいないよ。カンが死ぬとか、言うだけで不吉だし言わないでよ」

「それはごめんだけど。私が言いやすいからまず私に言ってない?本当は団地中に言いた
いくせに。ハンナの頑張りにタダ乗りしてる人ばっかりじゃん、立ち退きに関しては」

「だからその、仲良いウルミが名前書くくらいもしないのが悲しいんじゃん。ベビーシッ
ターも紹介したのに相談なく辞めて」

「それもごめんだけど」

と言い合い、もういい、いい、とフサがなだめる間もなくハンナが部屋から出ていく。この子たちの喧嘩はいつもウルミの分が悪い、ハンナの方が説明が上手いとフサは思う。フサは眉を下げるがその眉も昔より薄くなり、もう額と一体になっている。いつも通り、激昂している方を慰めるために、フサはハンナを追いかけ廊下に出る。ウルミにはだらだらとした涙の時間が続く、涙は流れるに任せる。また面倒くさいことになってしまった、しかし取り返しのつくくらいの面倒くささだと、ウルミは自分を励ます。カーテンが棚に引っ掛かり、陽を通してしまっているので直す、木目の膨らむ敷居を跨ぐ。高校生でバイトをするようになってから、最初に買ったのが自分の部屋のカーテンだった。窓にきちんと長さを合わせたカーテンは、お年玉で買うには高過ぎたから。母親が選んだ、古く、洗わないから重くなっていくカーテンが、ウルミは幼い頃から気に入らなかった、緑色で幾何学模様の、この布で何を作ったってしっくり来ないような。余っている浴衣がないか聞きにうちに来たのに、ハンナはもういいのだろうか、着付けてほしかったのではないか、とウルミは暑さに呆然としている。風は入りも通りもしない。ハンナは居酒屋で意気投合した男と行くと言っていた、今日の花火大会はウルミも行く、今働いている餃子専門店の店長と行く。店長はこちらに好意を持っており、しかしまだ、ただの話の聞き役となってくれている、今はそれで働きやすい、いつか働きにくくなるだろうとウルミは思う。弟の部屋はものが少ないため片付いて見えて羨ましい。でもものを買って増やさずして他に何の娯楽が、外に出る何の目的があるだろうとウルミは不思議がる。ウルミは部屋の荷物をひっくり返し、用途、形、使う頻度で分類していかんとする。浴衣を探している内に、多く捨てたいというよりは、家の中にあるものを、全て把握しておきたくなったのだ。すごい物量だ、ハンガーを掛ける棒は、よくクローゼットの壁から引きちぎられないものだ。横の家は上の棚が落ちてきたらしい、棚に賞の銅像を置いていたそうなので当たり前だ。ウルミはクローゼットの前に座り込む、上か中か下かどこからやるか、どれかに少しでも手をつければ、見えていないものが噴き出してきそうだが。吊ってあるコート類を引き出そうとするが、山となり重みで動かず、その束とただ抱き合う。金属くさいアクセサリーケースを、鎖は全て絡み合いきつく固まったのを眺める、祖母の形見の、しずく形のオパールがあった気がするが、あれは母親に貸したのか、整理する気がないならと取り上げられたのか、ウルミは思い出せない。もう会えない親であるならまた会うことを、その石を返してもらうのを、生涯の目標に置くのもいいだろう、ママの誕生石は、トルコ石というつまらなさだとウルミは思う。サイズも変わりどうしようもない下着、なぜ細かくサイズ分けされカバーされる胸が、体で最も頻繁に増減があるのだろう。ブランドものは文句なしに置いておく、トランクは開ければ苦いにおいがするが、虫が出てこなかっただけでも良しとする。わけの分からぬ中身だ、スポーツ用品というくくりで入れてあるのか。トランクはどれも収納場所となりいつも詰まっているので、空けるのも面倒くさく、ウルミは旅行のたびにまた新たなトランクを買ったりする、それでどんどん増える。団地は土地がもう脆弱だというが、各家庭にこれほど詰まっているなら、それは沈むだろう。音と共に地が割れていくのだろうか、割れれば何が顔を出すかと考えてみるが、ウルミの想像は、遠くまでは及ばない。二人は並んで、ハンナは顔を見られたくないからか、フサの少し前を歩く。

「カンに聞いたけど、子宮を取りたいってね」

とフサが言う、団地の中は家族間のように、どの話も筒抜けなのは昔からなので、それで腹は立てぬようハンナは努める。カンが相談でもしたのだろう、孫の一大事なのだから。

「そうだよ、ダメとか言うんでしょ」

「私は出産の後の方が、痛みに耐えられるし、体をよく把握できるようになったけどね。量も少なくなったし」

とのフサの言葉に、ハンナは心底ゾッとする、何と感覚の通じない。ハンナが怒っているのは、性とか、子宮がある、そこではない。そこまでに怒りは及ばないほどそれ以前の、ただ理不尽に訪れる痛みに対してだ。カンの体が古び、痛むようになった時の、何であの誰よりも元気だったカンが、というのと同じ憤りだ。痛みに耐える、生理にまつわる用具を買う、その時にハンナが感じるのは、それを自分が、一手に引き受けねばならないことへの不思議だ。

「合併症があるかも、若いから気持ちが変わることも、って。ピルとか注射とかしに行くのも、したことあるけど続けなきゃいけないから、そういうので病院行く日って生理の日より、生理があるのを実感させられる日になっちゃうんだよね。まだ探すけど、取れない取れないってどの病院にも言われて。自分の体の、痛いところはみんな取るのに。痩せたら生理止まるって言うけど、私食べなきゃ動けないし、生理のせいで動けないって、またそれは」

とハンナが言う。この子は幼い頃から、漢字の読み方が分からないなら自分なりの、間違った読み方でも歌い続けるような子だったとフサは思い出す、若さとは頑なさとセットだとも思うが。

「でもね、もっと遠くを見なきゃと思うよ。年寄りはそういう、遠くがあるというのを、教える役だから」

とフサは言い、自分の考えを最善と信じ、伝え終えれば満足して静かにしている、自分にはいろいろな熟慮があると、それでこうして慎ましく日々を過ごしていけると信じ過ぎだ、若い頃はもっと、隆起ある山のような体をしていたが、こうして口から萎んでいくのだとハンナは思う。多くを見てきただけで、遠くを見通せるようになるのだろうか、視力は弱まってはいかないかとハンナは訝るが、白っぽい道の照り返し、それで皮ふが切れる割れるでもするのではないかという暑さに、もうフサの説得はどうでも良くなってくる。フサも、この件に関してはまだ調べ不足であり、ハンナに気迫も及ばない。ね、ま、うん、と挨拶でもないようなのを言い合い、二人は別れる。フサはミシンを二台持っていた。一つは鉄でできた深緑色の足踏みミシンで、もう片方は生地の端の処理をする、大きなロックミシンだった。足踏みミシンは重く、置けば畳が沈んでいった。自分の喪服も、娘と息子の給食セットも文化祭の衣装も、孫の肌着でも何でも作った。肌着は紐でなく、マジックテープでの着脱にしたので喜ばれた。ハンナやウルミに、揃いでワンピースも縫った、袖なしなら簡単だ、今なら買う方が安いだろう。近くのものも見えにくくなり縫う気もしないが、フサは手芸店を歩き回る。昔はこういう場所で必死に探したものだ、パッチワークの布を、一枚ずつかき分けできるだけ自分の好みのを。巻かれた、切り分けられた生地を触る。この模様は、孫が幼い頃なら好きそうな、と思ってみる、今の好みを知らないが。縫う、編む、繋ぐなどで作られた見本が並ぶ。造花を組み合わせ、木枠や瓶に飾るのが流行っているのもフサは知っている。フラワーアレンジメントをやっていた時期もある、大きな缶にぎっしり材料が入り、ハンナが時々開けて見ていた。一本作らせてやると嬉しがり、子どもの手がこんなに細かく動くのかと感心した。茎を模した針金に葉となる紙を巻き、生花に似せた。大昔は染料か何かが粗悪で、造花作りは死に至ることもあったらしい、とフサが言うとハンナは心底怖がった。透明の樹脂を固めてアクセサリーができる、羊毛は針で刺して形作る、知ってはいるが自分の中に、新しい手法として増えていかない、挑戦はもう始まることがない。今日見た夢は不足ある、慣れぬ調理器具で料理をさせられる夢だったのを思い出す。慣れぬので、もちろん上手くは作れなかった。

「長袖のワンピースなんて、今から作っておきたいもんだけど、この暑さじゃね、秋冬の毛羽だった生地は触りたくもないね」

と、フサは若い店員に話しかける。店員は商魂逞しく、

「でもツルツルの生地のキルティングとかだと、逆に手には冷たいかもです。お子さん用のコートとか」

と答える。二台のミシンはもうなく、必要なものだけ収めた木の裁縫箱だけがフサの部屋に残る。しかしフサは店員には、家にミシンがまだあるような話の合わせ方をする、縫う力がなければ、ここは立ち入り禁止とでも思うのだろうか。毎日のように来ている場所な

ので、目新しい商品が入っていることなどめったになく、季節の商品が入れ替わっていればもう見応えがあり楽しく、手の届く価格になっていれば見本の作品を買ったりする。こうして物品のチェック、店員との談話が終わればフサは帰途につく。一日の中で最も暑い時刻を手芸店で過ごす、猛暑からの避難所として。自分の汗のにおいは嫌いでないが、しかし汗くさい。あの公園では夏祭りがあるようだ、フサは看板に近寄り眺める、関係ないので通り過ぎ、ここからは団地だ、関係ある。昔は団地でももちろん大きな盆踊りがあった、三日続けてやっていた。緑色の鉄骨のやぐらが、二段重ねの低く広いのが出され提灯は毎年増えていき、音は高い建物たちを入り組み進み、と目で追っていく。やぐらは頑強、この後もずっとこのまま残っていくだろうと、その頃の住民たちに思わせた、フサの夫はずっと前の夏に死んだ。

「踊れば、魂は長く留まるのだっけ」

とフサは呟く、どの踊りでもすぐ覚えられたものだ。フサは独り言が多い、部屋でならもっと言う、自分の独り言が最もおもしろい。いつか息子は夏祭りの、フランクフルトの鉄板で火傷をした。腕が角を掠めて、危うく鉄板もひっくり返るところだった。なぜ自分から離れ、屋台の方に走ったのだろう、料理をしていてもずっと横にいて、味噌など舐めているような子だったのにと、フサはいつでも思う。腕にはまだあの線のような痕があるだろう、会うのは正月ばかりなので、腕を最近見たことはないが。成人するまでは残っていたのだから、そこから改善する物事など、もはやないだろう。自分はあんなに俯いて、サンダルと足の隙間に入ってくる砂ばかりを、気にするべきではなかったとフサは今も反省する、目は子どもに固定し、裸足で地を踏む勢いでも良かった。部屋はまだ湯のような温度だ、外に干したタオルはこれ以上乾けないほど乾き、固くなっている。日差しが刺す、風もなく蒸す、手すりも鳥のフンも光る。

「俺にも次、串貸して」

と言われ、ハンナは男が屋台で買ってくれた唐揚げを、急いで食べるのであまり嚙めず、飲み込む力だけで大きいまま飲み込む。形は違うが味は同じの人形焼、皿にバターと鍋から引き上げた湯が入り混じるじゃがバターで満腹となる。人混みの一部となり、ビルに遮られてしまったので、ビルより高く上がる花火だけが、太い音で細い末端のみ見えた。みんな花火にカメラを向け、長く残そうとしている。食事は屋台でもう終わり、駅はあんなに混んでるからと連れてこられたラブホテル街で、安そうなビジネスホテルから値段を聞いていく、どれも満室だ。

「宿泊二万は絶対するね、祭りだから高いのかな」

と男は言い、ようやく見つけた空きの、高い中でも一番安い部屋を選び、ハンナは特に言うべきこともなく、大人しく手を繋いでついて行く。エレベーター前の無料グッズのコーナーには、靴墨まで置いてある。部屋に入りキスに行き着くまでが長かったが、ようやく生ぬるい唇同士が合わさる。目新しい、その人オリジナルのことなど何もなく、しかししてもらうことなら大抵嬉しく、ゴムをつけなくてもいいかを、聞かれたことだけが不快ではあった。もちろんつけるべきなので、

「口でつけれるよ、私」

と言って袋を破り、素早くつけた、自衛のための技だ。枕側の壁には竹林の絵、遠くにある竹ほど細く描かれ奥行きがある、狭い部屋を少しでも広く見せようという工夫だろう。作り物の竹が、枕もとの棚に突き出すように生えて危ない、安い部屋なのに楽しませようとしてくれているわけだ、とハンナは考える。体位を頻繁に変えるタイプでゴムが途中で外れるので、また新しいのをハンナが口でつける。クライマックスは激しいだけであり、擦りつけだけであり、最後の最後に考えるのは自分のことだけだ、それで精一杯だ。終わって寝転ぶ、相手の方を向いて横向きに寝るので、手持ち無沙汰な片手を男の肩にのせる、少ししてから、暑い、と外される。朝五時に男は起き、てきぱきと部屋の暗いまま着替え、ハンナはそれで目覚める。起き上がることなく、暗くてよく見えもしないが、自分の気にする部分だけを掛け布団で隠すような格好で眺める。男は下に落ちたものを探るた

め屈む姿勢ばかりだ、立派な体軀であれば、どんな動作も悲しげには映らないものだ、もちろんみんな小さく細くなっていくが、というようなことをハンナは考える。

「明るくしていいよ」

「起こした?ごめん。仕事だから行くわ、友だちも待ってるから。精算はしとくから」

と男は言い、フロントに電話をしてすぐに出ていく。ハンナは布団の内部がまだ湿るのも気になり、もう寝直せず、うろうろとシャワーを体だけ浴びたり、お茶をいれて飲んだりする。することもなくなりフロントに退出の電話を掛ける。

「精算は、現金ですかクレジットですか」

とフロントが言う。

「男の人が払ったと思うんですけど」

「後に出る方のご精算なんですよ、追加とかね、あるから」

「現金かカードですか、スマホでとかは」

「現金かクレジットですね。たぶん男の人ね、部屋にお金置いてきたんでって、言ってたと思いますね」

というとても優しい、年配の女性の柔らかな口調を聞き、ハンナは財布を確認する。一万円しか入れておらず、宿泊代二万円には届かず、祭りなのでクレジットカードは、抜いて家に置いてあり、どこを探しても男が置いていったという金などない。男の連絡先は電話番号だけ分かるが、何度掛けても出ない、あちらの電源が入っていない。名前さえうろ覚えだ、ショウヘイかショウタか、そんなところだ。何度見ても財布には護符のように、札の一枚しか入っていない、お金を取りに帰るのでこれを人質にと、フロントに提出できる免許証やカードもない。今どうにも、信用に足る人物だと自分を差し出せない。出られない、どこかから出られないというのには慣れている気もする、でもいつもはこんな差し迫った場にはいない。ハンナはベッドのヘリに座る、高さがあるので足は宙に浮く、枕もとの竹が迫ってくる。同じ花火に行くと言っていたウルミを思い浮かべ、電話してみる。行くと聞いていなくとも、まずはウルミに相談しただろう、カンには言えない。こういう時に頼れる人の多さが、生きやすさというものだろうか、それなら何と生きるのは自分には厳しい、とハンナは思う。長いコールが続きようやく声がする、花火の最寄駅にいるか聞く。

「うん花火行った、友だちの家泊まって、もうすぐ乗り換えて駅着いて団地って感じ」

「何か、出れないいんだよ」

「どういうこと?·密室?·」

「今ラブホで、もう部屋に私一人で、お金が足りなくて、一万足りなくて出れないいんだよ」

とハンナは言う、口に出すと恐ろしい状況だ、何とやりきれない。

「うん。コンビニで現金下ろして行くよ」

とウルミが言う、そうだろう、二万円なんてみんな、そう持ち歩いている額ではないだろうとハンナは思う。湿った薄いガウンを畳む、歯ブラシを探す、財布の中身をもう一度確かめる、ラブホテルに本物の愛が来るものだろうか、夫婦も来るか、夫婦なら本物かとハンナは考えながら動いている、物事は一つひとつぶつ切り、連続していないように思える。

「本当に私がいて良かったね」

とウルミがまだ浴衣の姿で、ウルミの母親は着付けが得意で、それで幼い頃から習ったやり方で、友だちの家で朝きっちりと着付けたであろう姿で現れる。とても似合う、母親が嬉しそうに着せていた、趣味は着付けだけなので、その時ばかりは自分を注視し触ってくれるのだとウルミは言っていた。ロビーで待つハンナの前に友だちが現れたので、フロントの女性は精算機の横で、安心した顔をする。口の動きだけで、良かったね、とさえ言う。

「ありがとう」

とハンナは言う、礼には照れ、誇らしさ、笑い、満ち足りの感、媚び、あとは何が含まれ得るだろう。ウルミが財布から一万円出そうとし、財布に貼りついて現れ床に落ちるのは、和柄なので、浴衣を着る時はいつも持つ、昔フサが作ってくれた封筒型の袋だ。とても小さく、下駄を履けばいつも必要になる絆創膏を、入れるためのものだ。ハンナも色違いが、まだ家にあるはずだ。

「最近は下駄じゃなくて、サンダルとか履くからいらないんだけどね、一応ね」

とウルミはそれを拾う、外に出てラブホテルの前庭の砂利を二人で踏む、外側にも作り物の竹が生える。

「下ろしたから一万と、手数料三百円とかだよ」

「一万三百円返すね。浴衣着るの上手いね」

「これくらい誰でも着れるよ。巫女バイトなんて、初日から全員自分で着付けだよ」

「友だちの家って、店長の家？」

「そうそう、だってラブホすごい満室だったたじゃん」

「こういうのって、最初からそうしようと思って逃げるのかな、ヤってから思いつくのかな」

「人でなしの考えることは分からんね」

とウルミは答え、でも少しでも好きならやらないだろうとは思う。

「筋肉をめちゃくちゃにつけたら、ホルモンも驚いて生理も止まらないのかな。大きくなろうかな、それでこれからはズルしてラブホ出ていこうとするのを押さえつける」

とハンナが言う。嘘言ってる、大きさや力でねじ伏せてというのは、ハンナが最も嫌いなやり方だ、とウルミは思う。ハンナは恥を恥として残し過ぎない、何にも傷つけられまいと、思うだけでも思えているのは健やかなことだ、というようなことをウルミは思う、二万円の損はあったが、成長の機会となろう、得られるものから全て得よう。起こることはやはり全て面倒くさいが、どれも取り返しのつくくらいの面倒くささだ、そう思わなければ、ウルミだってやっていられない。

6

錆びた鉄の手すりはずっと日陰にあるので冷たい、冬は触りたいとも思わない。ものが錆びる瞬間というのは見たことない、とリユリは考えにふけるので、後ろから来る子に首を締められそうになっているのを知らない。ふとリユリは気配に気づき、険しい顔で、人差し指を立てたポーズで振り返る、周りは動きに笑う。その指で、廊下を歩く若い教師の背中を指差す。少女たちの、身悶えするような動き、全員で歩幅とリズムをその教師に合わせて歩いてみる、それだけで笑う。小学生たちにこんなにも好奇の目で睨まれ続けて、教師というのは体でも悪くしないのだろうかとリユリは訝る。

「先生、いつもつま先立ちで歩いてない？自分をひと回り大きく見せたいのかな、かわいそう」

とリユリが肩を落とし、しんみりして見せる。みんなも次々と、

「かわいそう」「見られてる意識すごい」「いつもつま先立ちなのってすごい」「変に大股で」「筋力すごい」「背が高い生徒が横に来たら、もう椅子に座っちゃうのすごい」「気にしてることって、逆に目立っちゃうのすごい」

と眉を下げる、その後で顔を見合わせ笑う。こういうのは、言い続けてずっと飽きない、人の体のことを言う時は、言っている自分の体は透明のように、気にする部分は何もないように感じられる、だから言うのか。窓の外を見、

「教頭先生見て、今日またループタイだよ」「あれ？あの太い縄の？木彫りの？」「トーテムポールみたいな顔のパーツがついた？」「土偶みたいなバージョンもある？」「花の世話してるよ、聞きに行こうよ」「何て聞く？」「どこの国のお土産なんですかって、聞くのが自然？」「私は自分の子どもの手作りだと思う、だからお守りなんだと思う」「それくらい

しか理由としては許されない」「不気味過ぎて」

と騒ぎながら少女たちは花壇まで降りていく、駆け寄る。運動場は賑わっており、子どもたちは遊ぶどの動作もギリギリで安全、あと少しで大怪我という風で、それを見守るだけ見守りつつ、教師たちは祈るのみで身をすくめている。少女たちが近寄る、黙っていることなどできないと、日増しに力を蓄えるような高い声が教頭を辟易させるようだ、しかし大勢の子たちに囲まれるのは嬉しいだろう。話の種を仕入れるだけ仕入れ、少女たちはまた秘密の場所に戻る。

「あれ自分で作ったんだね」「ね、もう何か怖いね」「でも彫るのは上手いね」「もっと役に立つもの彫ればいいのにね」「何でトーテムポールなの?・楕円とかじゃダメなの?・」「無難にネクタイじゃダメなの?・」「魔除けなんですか?・って聞いたの誰?・」「私。勇気出しちゃったの」「曖昧に微笑まれたの」「怖かったの」

と感想を、笑いの息継ぎの間に辛うじて言い合う。今いない子の悪口だって言う。自分だっていなければ、悪口を言われているだろうこと、誰かに漏らした秘密は、次の休み時間にはもう秘密ではなくなっていることを引っくるめても、ここは居心地がいい。分かり合った簡潔な言葉で、大きなジェスチャーで共有されていく。誰か歌い出しみんな歌う、どこでも踊り出す。毛を剃っている子の腕が、自分の腕を擦れば痛い。

休日になり団地には、子どもたちの色とりどりの自転車が並んでいる。いくつものボールが縦横無尽に行き交う、長い階段から下に蹴り落とされる、オブジェの輪の部分に投げ込まれる。リユリたちはスマホで写真を撮りまくり、顔を小さく見せるため自然に他の子より後ろに下がり、確認の時にはみんな自分の顔しか見ていない。昼からはマオを誘ってみよう、と思いながら一旦家に昼食を食べに帰る。マオが住むあの団地は埋立地で、もう沈みそうらしい、そうなればマオはうちに来ればいいのに、と思いながらリユリは細い鞄の持ち手を、長持ちさせたいので鞄を胸の前に抱える。

「今日は夜、お父さんと外食だからね。お母さんは友だちと会うから」

と言い母親は目が疲れるのか、本を開いては置き、読みながら目を押さえている。白いキャミソールだけで薄着の母親の胸は、寝転ぶので平たく広くなっている。リユリはその胸の横に座る。

「団地が沈むなら、うちは大丈夫なのかな?同じ埋立地で近いのに」

「団地は重いから、海の方だし。うちは関係ない、大丈夫」

「学校は沈む?いきなり沈むかな?」

「学校が沈んでも先生が何とかしてくれるし、大事なものなんて学校にはないでしょ。全部家にあるでしょう」

と母親が答え、大事なものは学校にもたくさんある気がしたが、すぐに個別には思い浮かばず、リユリは挙げるのは諦める。

「久しぶり、本当、友だちとご飯なんて」

と母親は呟き、目を労わるように揉む、こうして不安も共有できないようでは、とリユリは腰を上げ、テーブルの上にある昼食を食べに行く。そんなことを言うならもっと頻繁に、外に出ていけばいいのに、囚われの身でもないだろうと思う。団地の、マオの家の方へ向かって歩く。あちらからフサと、フサに懐いている犬が来る、すごく痩せている。リユリは老いた動物を怖いと思う、毛も光らず、誤魔化しの利かない形と地肌を見せ、どこか知らないところを向いている。でも犬が寄ってくれば、リユリは大人みたいな、受け手の体を考えた優しいやり方で背だけ撫でる。

「痩せてるね」

とリユリが言う。フサは近所の人に頼まれて散歩をしてやっているだけなので、犬の体調にはあまり関係がない。犬は責任を取れない、ということにリユリは怖くなってきて、あまりに近くに寄ってくるので身をかわす。

「そうね、噛むかもしれない」

とフサは、自分の犬ではないので気楽に悪い方に予想する、しかし長い付き合いなので犬を信じている。残暑厳しく、リユリは首の汗を馴染ませるように拭いながら探す、見つけたマオは知らない、制服姿の男と話している、声を掛けたいと望みつつ近づいて、呼ばれるのを待ってみる、その成果がある。家で本を買ってもらえないため、マオはまた社会の資料集など開いている。特に学習に繋げようという様子ではなく、平安時代の貴族の食事の再現を、よくぼんやりと眺めている。

「昔の脱穀って、本当にどういうこと。風で米も飛んじゃうよね」

とリユリはふざける。マオはどの文章を読む時も指で字をなぞっていくので、どこを読んでいるのか一目瞭然で、それがリユリには嬉しい。米作りの絵、一枚で春夏秋冬上手く表している絵、秋は一番することが多く、絵の半分を占める、循環するよう季節は緩く円を描き、春夏の萌ゆる草、紅葉、氷の山が隣り合う。マオは絵の、米を狙う鳥を追い払う役をする少年を撫でている。

「こいつ俺みたいな顔」

と言い、マオの隣にまだいる男が笑う、マオもお付き合いでか笑っている。リユリは男を自分たちから引き離したく、

「あっちにオオハルいたからさ、行こうよ」

とこの男の知らないだろう名前を適当に出す、マオは資料集を閉じリユリと立ち上がる、

男と手を振り別れる。

「あれ誰?出会いは?」

「最近団地で話しかけてきた。高校生。最初も、特に意味なく話しかけてきたけど」

「小学生に話しかけてくる高校生どうなん」

と嫌悪のニュアンスを込めて言いつつ、同じクラスなら学校でも、もっと守りようもあるのだがとリユリは残念に思う、マオと同じ団地に住んでいれば、放課後も守れるのだが。

さっき思いつきだけで言ったのに、本当に道にオオハルがいて、

「小学生の女の子に、意味なく寄ってくる高校生男子ってどう?」

とリユリは、大人であるオオハルに、マオを戒めてもらおうとする。

「分かんない、俺ならできないけど。大学行くまで他学年って、違う生き物って感じで」

「ね、普通しないってそんなん。あんま話すのやめとき」

とリユリは自分の結論の方に持っていく。マオには友だちが少ない、友だちがいなくて困る機会などあまりない、グループなど作れない時は、黙っていれば周りが都合してくれるが、その間戸惑うような顔をしていなければならないのだけ面倒だ、真実困ってなどいないのに、とマオは思っている、去年まではリユリが同じクラスだったので、確かに不便ではなかった。マオは家でなく、外にいることが多いから、あの高校生が来ればまた適当

に、意志なく、あちらが去るまで応対するだろう、断る方が面倒なのだからとマオは考える。オオハルの横にはタイラがおり、子どもの尻なら十人座れるような切り株の上に立っている。若木が出てこようとしたのか、板と釘で打ちつけられ閉じられた箇所もある、木でなくただの広い椅子としてある。

「切り株が嫌過ぎて、見るだけでも。石みたいになってるのとか、見てられなくない？切られて、もうある意味もなくて。必要とされてないなら、切り株全部掘り返したいんだよ、そういう計画もあるんだよ」

と小さなタイラが憤っている。確かに切り株で永遠に置き去りというのは、思いやりを欠く行為ではあるか、子どもは大人の善良でなさを、指摘したくて堪らないのだろうとオオハルは思う。

「あの浜にある荷物もさ、燃やしたいくらいだよね。海に邪魔だもん。瓦礫ばっかで、火がのり移っていかなそうだけど」

とマオが言う、言い過ぎだとリユリは思う。切り株を見、あれも友これも友という親しみを抱く感性は、オオハルには分からない。根が剝き出し、上部にテープの貼られる、黒ずみ割れて穴の開く、外側から繊維と粉になっていく、表皮が緩んだ枠のように外れる、細い木は細い切り株となり、高く切られていれば上背ある、そういうのが見渡せば多くある。丸みを帯び高さもなくなだらかに、もう地面の顔をしているのも、これは木だったのだ、忘れていた、もしくは知らなかった。でもそういうものだろう、間引くとか、電線の邪魔になるとか、そういうのだろうとオオハルは考える。タイラがマオを後ろから驚かせ、その驚き方にオオハルが笑う。

「オオハルっていつも、笑い飛ばすって感じの笑い方だよね、自然じゃない。怖くて笑うみたい」

とマオが言う。気安い大人というのは損だが、その前では子どもが萎縮してしまう、という人物になりたいわけでもないので、オオハルはマオのその台詞に対しても、

「ただ笑い方の癖、癖」

と、また笑い飛ばすようにして笑った、占ってほしくもないのに占われたような気にもなった。オオハルが離れていってから、

「ひどいこと言っちゃダメだよ」

とタイラが言うので、どの言葉がひどかったのだろうとマオは考えるが、分からないので問う。

「それ一つでひどい言葉ってのはなかったけど、まとまるとひどかったよ」

とタイラは教える。一歩一歩、前に足を蹴り上げるような散歩の歩調で、二人は団地の前

の砂浜を行く。ぼろ布のような大きな魚が、鱗は皮に柄だけ残り、身も剥け骨も柔軟に、波に揺られている、海で煮られて、とマオは思う。マオは目が悪いので時々目に力を入れて遠くを見る、リユリは視力が良いのでその見え方は分からない、悪くなればどんどん、どれもぼんやりと色として混ざっていくのだろうか。マオは目が悪くて良かったと、海や山でなら思える、細々とした生死を目に入れずに済む。

「海ってしょっぱいと言うよりは苦いよねー」

とリユリは言い、汚い立体的な泡などが少ない場所を選ぶ、マオ好みのなだらかな砂浜に、尻をつけないよう気をつけしゃがむ。自分の太ももに顎を埋め身を低くし、それぞれ気に入る石探しを始める。どの石も濡れている時はたいてい良く見える、乾いた時に真価が分かる。冴えない色に戻ってしまうのも多く、せめて形が良くあれば、独特ならとリユリは思う。マオは長い髪が風に飛ばされぬよう押さえる。見つけた石を、数あればいいというわけでなく選抜し名付けていく、形と色それだけが理由の、もとから何かの名であるような名前をつける。

「ペットとかでも名前って、あるものの言葉を借りてきてばっかだよね」

「犬の名前、クロとかマルとか」

と言い合いながら、踏んで楽しいところを歩く、後ろでマオが石をこぼす、選んだのが雑多に地面の、その他の石や低く浜を這う草に紛れる。

「下向き過ぎた」

とマオは胸の、口の広いポケットを押さえる。リユリはマオの落とした石を探そうと励む、二人は向かい合いしゃがみ込む。

「もういいよ、どの石も一緒だ」

とマオが諦めようとするが、リユリはそんなことは許さない、マオが気に入って拾った、共に名付けた石を、自分が見つけられなくてどうする。新たに今見つける石が、さっきのより良かったりもするだろう。自由に探す、ではなく決まったものを探し出す、というのは苦手なのでマオは唸りながらやっている。リユリが顔をいくら寄せても、まつ毛が触れ合うほど近づけても、マオは離れないでいてくれる。キスまではしないが、相手の顔の窪みに、自分の顔の膨らみを当ててみる、その逆もする。

「マオが好きだよ」

とリユリが言う、やはりこの言葉に、全て集約されている気がする。そうとしか言いようなく、そしてこれは自分だけで言い放題だ、相手が嫌がっていなければ。マオは長い前髪を押さえたままで、石はもう個別にではなく塊として眺めている。

「マオも好き?・」

とリユリは辛抱できずに聞く。

「好き」

とマオは軽く頷く、リユリはそれに深く頷く、信じよう、口に出したことは、原則としては本当であろう。マオは相手に気を持たせるような態度を、礼儀と心得ているのかもしれない、分からない、好きということの、言葉を解剖しそれぞれの濃さや深さを比較するというのは、そんなことは決してすべきではない、無粋だろうし誠実とも言えない、というようなことをリユリは考える。石は二つ、矢じりとコンニャクと名付けたのは見つかる。

正面玄関から入り、広い総合受付、椅子の座面だけは柔らかく、あとはたいがい硬く、計算受付の長い列、誰かの手から落ちて跳ねるペットボトル、病院内のそういうのを通り過ぎていく、カンの病室へと向かう。検査なのかベッドにカンはおらず、トイレにもいないのを確認し、オオハルは喫茶室へ入る。在宅勤務の合間の昼休みも休日でも、カンが入院してから毎日ここで食べている。メニューは充実しており、カレーなら色の異なる三種類ある。定食なら八百円とかで、昼の予算としてはオーバーしているが、ボリュームもあるし夜の分を削ればいいとオオハルは思っている。空いていればいつもそこに座る、レジの隣の席に着く。喫茶室は縦長で、短い一辺がレジ、反対の短い一辺に大きなテレビがありいつも点いているため、その席からテレビの方を向いていれば、首の傾きを工夫せずとも自然と店内を見渡せる。天井、ランプ、食器、どれもやたらに花畑のような柄で、黒いしっかりした柱だけが無遠慮な感じである。壁紙の剝がれ、窓ガラスに埋められた、針金の格子の歪みなどオオハルは眺める、その延長として彼女を眺める。

「卵入り八宝菜丼セットで」

とオオハルはちょうど来た店員に注文する。彼女に注文や会計をぜひしてほしいとは、望まないようにしている、期待すれば外れた時の、何と心細いことか。彼女が黒い運動靴で、床の油を靴底が揉む音を立て、テレビの壁の奥にある厨房へ皿を下げに行く。各椅子の下には形の不揃いな荷物用の籠が、大きく多いので、彼女の歩みの邪魔となっている。丼は運良く彼女が運んできてくれ、オオハルは置かれると同時に、目を見つめながら斜めに頭を下げる、これくらいなら、気持ち悪くはないはずだ、緊張は一瞬の窒息だ。トレーは心なしかべとつく、しかし彼女はいつでも頑張って、アルコールでどこでも拭いている。彼女の肩は一本の直線に近く、それで堂々として見える。名札などなく、他の店員が彼女を呼ぶ名前でも聞こえてこないかとも思うが、狭い店内なのでその必要もないのか、彼らは名指し合わない。年齢や好きなものとかを、大声で問うたり答えたりしながら働いてくれてもいいのに、年は近いと思うがとオオハルは考える。オオハルが病室に行くとベッドにカンが戻っている。

「いいってお前、毎日来なくて。ハンナと交代でいいって」

とは言うが誰か来たことが嬉しく、笑い皺がカンの顔を埋める。

「いいんだって」

「でも土曜日までさ」

「病院の喫茶室も好きなんだよ、かわいい人が一人いるんで」

と、オオハルはカンが楽しがりそうな話題を選ぶ、というか恋は、誰かに相談している時が最も楽しい。

「何だよ、そうかあ。俺も母さんとは飲み屋で出会ったもんなあ、働いてる姿っていいもんなんだよ」

とカンは無事楽しがる。カンはこの前不調を訴え、胃がんの切除となったので、これからもっと痩せていくのだろう。海老の尻尾などはもう歯で砕ききれないだろうと、オオハルはカンの話す口もとを見ながら、八宝菜丼に入っていた海老を思い出す。病院の喫茶室なのに柔らかいむき海老などでなく尻尾がついていた、彼女は厨房で、どんな風に立ち働くのだろう、調理はどのくらい担うんだろう、紅茶を濾すくらいのことはするだろうか、とオオハルは意識をすぐに喫茶室へと飛ばす。好意というのは、例えるなら血でなく唾なのではないか、吐けば、似つつもその人独特のにおいがし、だから恥ずかしく少し隠すようにするのでは、吐いても血よりは重大でなく、乾いても薄く、靄のようにしか残らないのではと、何の助けにもならない、好意自体についての考えなど頭でくり広げる。カンと別れ、喫茶室の前をわざと通り病院を出れば、本館の傍の四角い池、オレンジ色の口を開け、やって来る鯉が見える。

そんな予約は入っていないと店員に強く言われ、父親は焦ってスマホの通話履歴など探し始める、親がおどおどしていれば物悲しい。しかし客は少ないので予約なしでも入れる。メニューを見て父親が指差すのは、二人なら頼めるペアセットで、料理を三つ選べるらしい、ドリンクもついていて得らしい。子どもなのに一人と数えられているのが誇らしく、しかし一人分を担えるのか、リユリは少し不安がる。

「ヤンニョムケジャン、小さい蟹の丸ごとキムチ漬けみたいなやつ、これは食べたいんだ」

と父親は言いながら、リユリもいい調子で頷きながら、三品とも辛い料理を選ぶ。子どもがあんまり辛いものばっかり食べると記憶力が悪くなる、という母親オリジナルの呪詛が、リユリには染みついているが、父親はそういうことは気にしない。母親に注意されながらも、リユリは家では一味唐辛子をたいていの料理にかける、七味は風味があり苦手なので。料理を待つ間は暇で、スマホで撮った写真を父親に見せ、友だちの名前や特徴もいちいち説明してあげる、リユリとしては大サービスだ、辛いものを奢ってもらう対価だ。

「お父さんって、うるさく言わないから好き。お母さんには辛いもの食べるの、すごい注意される」

と、父親に向け媚びるような顔をしてみせ、父親は嬉しそうに、

「お母さんは厳し過ぎるな」

と、これも媚びたような顔で答える。母親の悪口に花が咲く、何と盛り上がる話題だろう。セットの小皿料理も多くつき、スンドゥブチゲとビビン冷麺が来た時点で、細長いテーブルから皿はもうはみ出す。ビビン冷麺は汁気がなく、辛いペーストと細い麺を父親は慣れぬ手つきで、麺の重みに負けそうになりながらよく混ぜる、赤い汁を周囲に飛ばす。リユリは時々、小皿のナムルなどで口の辛さを誤魔化しながら食べ進める。父親も辛いと音を上げ、余らせる予感がある。ペアになるにはまだ胃も小さく、大人一人には程遠い、とリユリは膨らむ腹を押さえ、しかし母親と来れば、あっさり味と少し辛いの織り交ぜて注文し、こんなことにはならなかっただろうとは思う。ヤンニョムケジャンもテーブルに来、透明の手袋をそれぞれはめて、蟹を解体していく。

「お父さんの手くらいの大きさの蟹だね」

「リユリも生まれたての頃は、僕の手くらいだったんだよ、背中が」

と父親は言い、リユリはだから何だとは思ったが、自分の幼少の話は大人から聞くしか方法はない。父親のハサミは力余って滑り、リユリに刺さりそうになる、母親なら、もっと周りに気をつけてやるだろう。口に入ってしまった蟹の殻は嚙めば細かくはなるが、飲み込めるような気配もなく刺さる。危険なものが紛れていないか、舌で確かめながら飲み込んでいく、そういう複雑な動きの手間が、子どもを魚介から遠ざける。父親は殻を割り吸いをくり返している、後ろの席で背中合わせの人が振り向くほど音を立て、唇は辛みで腫れぼったくなっている。身の部分を指でかき出し、リユリにくれようとする。リユリはそれを手で受け、しかし手袋は今、粘度の高い赤い海となっているので、どれが身かは分からなくなる。父親は手袋で、手づかみで、その手を舐め回しながら食べているので、リユリはもらった身を、両手を擦り合わせることで、なかったことにする。母親に引き続き父親まで嫌いになってしまえばどうしよう、リユリはすぐに何でも嫌いになる、前良かったものが次もうダメだったりする。好きなのが、マオだけになってしまっては困る、リユリは自分のこの身には愛が、溢れるほど宿っていると感じる。しかし今はそのやり場が不足している状態だ、自分の内にあるのは恐らく、伝記の偉人、余裕のある親のように、万人に分けて歩いてもまだ余るような愛なのだ。それをマオだけにぶつければどうなるだろう、マオも愛もかわいそうだ、注がれるものを抱えようとすれば、大きく重くマオの肩や腕は外れ、愛は地に落ちそこに置き去り、とリユリは想像する、何でも平らかに愛し、出しどころも調節できるのが大人なのだろう、早く大人になりたいものだ。リユリは手袋をした手を、父親の唾と混ざったかもしれない赤いペーストをおしぼりで拭き、また蟹に挑む。尖りに注意して舐める、柔らかそうな部分を噛んで割る、硬い自分の歯を信頼している、辛さと区別し蟹の身の甘さを感じることはまだできない、全て辛い。リユリは興奮してきて、

「マオも私を好きだって」

と、何の関係もない父親にさえ言ってみる、娘が嬉しそうにしているため父親も嬉しい、リユリはリユリの中だけで嬉しい。離れていてもマオのことを考える、マオは私の天窓、私という川からはみ出し、川を太くする流れ、床が斜めなので酔ってしまう部屋、床が斜めなのは私だけの錯覚、マオは中身が少なくとも、抱き締め潰れても、それで価値を失わない箱、一声出せばそれがいつまでもわんわんと、響く形の教会の内部。

7

夢の中でフサは鏡の前にいて、頭をぐるぐる回して探し、白髪を見つけては抜いてい

る。全体を捏ね、後ろの方のを横や前に持ってきて、大量の髪、茶色灰色も交じる中から白いののみ必死に選り分けて、とめどもなく抜けるだけ抜く。この白は純粋に白なのか、それとも透明なのかと思いながら。うたた寝から覚め、その長かった髪があった部分を触る。今よりもう少し若い頃は、白髪を抜いているだけで一日が終わったという心持ちになる日もあった、それなら異様だが。最近は銭湯に行くことも多いので、湯に入ってしまい煩わしくないよう、顎に届くくらいの長さにしている。

「でも短いと、跳ねてうねって」

と呟く。他人はその肌に当てたくもないような髪、当たれば払い除けるだろう、若い頃から満足いく髪ではない。手の湿りで、髪の浮きをどうにかしようと長く撫で続ける。髪の量は充分にあり、硬く縮れ聞き分けも悪い。触るたびがっかりもするが、短く切れば、後ろでまとめてしまえば髪はないも同然、顔は何かに映さねば自分には見えずという部分なので、大人になればそんなに気にもならない。外に出て、髪を手で揉みながら歩く、深く生えている。体の中の、人前で触り続けて最も変でない部分。葉は真下に落ちるものと、より遠くに飛ぶものがある。髪も風も私のことなど意に介さず、髪が強い風にのって私の頬を平気で叩く、と思いフサは毛を手で後ろにまとめ上げる。法則もなく縮れるのを、指でなぞり細かなウエーブ、真っ直ぐが最良とも思わないようにはするが、曲がる分広がり収まらないのを、楽しむでもなく触る。

「ウォーク、座らない座らない、道路道路」

と声掛けつつ、散歩を頼まれている近所の家の犬を預かり伴って、フサは歩き出す。しつけ教室に行かされたこともあるからか、英語なら少し話の通じる犬だ。老いてきた犬、浮き出る骨、毛から透ける肌なのであばらは砂色の毛並みと相まって、生きながら、地から顔覗かす化石のようだ。遠くの山に大きな影がかかる。

「ルックよルック。見えないか」

と立ち止まる。保育園の狭い園庭で運動会が行われている、中には入れないので金網越しに見入る、犬もフサに倣う。犬は歩くより草をにおうのを散歩の第一義としている。もういきなり走り出すのに悩まされることもない、とフサは少し残念がる、しかし安堵する。園庭ではリレーが続く、できれば親は子の、勝って嬉しい顔が見たいだろう、勝たなければそれはそれで仕方ない。最後の競技なのか応援は体震えるほどだ、何事も最後が一番盛り上がる。閉会式は小さな子たちは泣き放題、大きい子たちは真っ直ぐに一列で、こういう時にもう泣かない、親はいつでも泣く準備だろう、園長の締めの言葉にさえ感動しているだろう、親のための言葉だろう。フサも親として見、開催できて、無事で、晴れて、良かったとの園長の言葉にいちいち頷く、子どもの時には分からなかったのだからこういうのは、大人同士の挨拶だったのだ。

「ランしてみる、ラン」

とけしかけるが犬はもう、その語を知らないような顔で尾を振る、フサも首輪に繋がる紐を揺らしそれに応答する。できないことはできないままにして、まあ怒られないのだから、年を取るのは良いものだ。犬は坂道を滑り落ちながら進む。毛はどんどん新しいのが生えて顔出すはずなのに、なぜ若い時より枯れたようになるのかと、フサは犬と自分を見て不思議がる。犬を返し、飼い主とテレビで得た情報を交換し合い、団地に帰ってき、フサはカンの部屋に向かう。家族同然のため預かっている鍵で入る。カンは、がんの手術は上手くいったが、家に一人の時に段差で転び何時間かそのまま、汗と尿に濡れ、大きな骨にひびが入った、その場にいなかった自分を、孫のハンナは大変悔やんだ。今、カンは自分のベッドに寝ている。若い頃なら怪我人をわざわざ起こし、語るほどでもないことを語り合う勇気はなかっただろうが、フサはカンを優しく揺り起こす。見られる間に、目は見ておかねばならない、死ねばすぐに隠す部分だ。カンはなかなか目を覚まさない、会える時はきっともう数えるほどなのだから、手荒く起こすのは仕方ない、遠慮していては人には会えない。カンは目覚め、自然にではなく意志の強さで開けているのだというように、目を剝いてフサを見る。目の下は太く膨らんでいる。

「引っ越しかあ。フサは俺の最後の時にいてほしかったけどな、フサのために早めに死ぬわけにもいかねえもんな」

とフサは答え、寒がりになったので厚めになった布団を撫でる。

「ちゃんと来るから。何でも最後が盛り上がるんだから」

とカンは、外国小説でそういうのを読んだのを思い出して言う、その心細さはいかほどだろうと思いながら。フサとは貸し借りも、数えきれないほどある、最後にどちらが、返せなかったと思う方だろう。ハンナによるベッド周りの工夫、目にだけは陽が当たらぬよう、他は光が当たるよう、太陽の軌道に合わせてカットされたカーテン、しかし季節で変わらないだろうか。カンはまた目を閉じてしまう、瞼で目に光はなくなる。

「でも旅の途中で死んでの埋葬なら、それは大変だろうけどさ。そうじゃないんだから」

「フサって団地出るんだって?」

と、カンの部屋から出て広場を行くフサに、あちらから来たオオハルが問う。娘が家をリフォームして、以前からフサを呼び寄せてくれていたことを教える、自慢げにならないよう気をつける。自分がゆっくり大きな声で話せば、相手も聞きやすく返してくれると信じるような、そういう話し方でフサは誰にでも話す。フサが腰の高さの切り株に座るので、少し話したいのだろうとオオハルは思い、最近好きな人ができた話をし始める。フサはオオハルにパートナーがいないことを、長く心底不安がっているので、それで安心させようとする、別に安心までさせる義理はないが。

「病院の喫茶室で働いてる人なんだけど、この前カンの入院してた病院ね。だから俺お見舞いもないのに、今も食べに行ってるんだけど、まあ若い、俺より若いと思う。まだ俺が好きなだけで、食べながら見てるだけだったんだけど。この前その人がめっちゃ他の店員、先輩っぽい人に怒られてたことあって、泣きそうになってて。俺付箋持ってたから、いつも元気な笑顔ですね!頑張ってください!みたいなん書いて、メッセージ、猫の顔も描いて。猫好きっぽいからその人、ポケットに挿してるペンも猫だから。渡せるかなーって緊張したけど、レジその人だったから渡せて。その時の反応とかは見れなくて、まあ笑ってたと思うんだけど、表情ってただの歪みだし、確かじゃないよね。でも次の日も行ったらレジの横の小棚、働いてる人全員の共用の部分と、たぶん個人の引き出しがあるんだけど、その人の引き出しに俺があげた付箋貼ってあって。三日経ってもまだ貼ってあって。その棚、レジ越しに客から手が届くくらいの場所にあるから、俺その付箋、手伸ばしてハラッと落としたんだよね。会計の前、誰もレジいなかったから。剝がれちゃってたら、付箋もう捨てるのかなって。次の日ドキドキしながら行って棚見たら、付箋がテープで補強されて、その人のとこにまた貼られてたの、でもまた貼り直すのってすごいよね?·嫌いな奴からの付箋だったら、もう剝がれないようにテープで貼ったりしないよね?·」

とオオハルが言い終え、フサは一瞬何とも言えない。自分に置き換えての熟考の末、

「そうね、嫌いな人からのなら貼らない」

と答えるとオオハルは大きく頷く、そう言われる自信はあったので、どう考えてもそうなので。飲んでいる洟止めの薬は喉が渇くので、オオハルは喉を引き絞って、多く唾を飲み込もうとする。

「その人はね、声がいいんだよね、歩き方も、背格好も。次の近づく一手でも、付箋が使えるんじゃないかなって思って。それは気持ち悪い?·今度ご飯とか行きませんか、って書くのか、ＬＩＮＥのＩＤと一応電話番号、付箋に書いて渡すのか、どっちがいいと思う?·」

とオオハルは、考え抜いたことの最終の決定をフサに委ねる。フサは、娘の恋愛相談に嬉々としてのってやっていた頃を思い出す。大人になってからは現実的な話題ばかりになりつまらなく、それさえも遠く昔の話で、恋の始まりにおける自分の感覚に、もうあまり自信もないが、

「お茶に誘うのがいいんじゃない、猫、描いて」

と、その女の子の身になり考え答える。来ないＬＩＮＥをオオハルが待ち続けるのは見ていられないし、直接の誘いの方が、女の子も断りやすいに違いない。連絡くらいなら、してくれるだろうしてあげよう、という甘えが最も良くない。付箋に描くだろう猫やコーヒーカップ、行く店選び、全て愛の営みとなるだろうとオオハルの胸は高鳴る、胸から全身に響き渡る。恋など娯楽としてはとてもいいものだろう、死ぬわけじゃなく、とフサはその顔を見ながら思う。

「楽しいこと」

とフサが言い置き自分の部屋に帰るのを見送り、歩き出したオオハルの前に、タミキとタイラの小さな兄弟、その前に釣り竿を持った知らない奴が立っている。兄のタミキの憤る様子、弟は手で自分の肩を押さえている。

「よく竿で小突かれるよ、前にここも」

とタイラは言い、短パンを捲り上げ肌を見せる、少し自慢げでさえある。

「人にもの当てるなよ」

とタミキは釣り竿のそいつに言う、オオハルは兄弟の後ろにつく。どれがあいつにやられた痕なのかは分からない、タイラは注意せず突進していくので痣が多い。

「なあ、あんた恥ずかしいことすんなよ、覚えたからな」

とオオハルはそいつを、見定めるような視線で眺め回す、こういう目の動きは嫌いだ、こうして自分より強いか大きいか測るような、動物のような。比べて、勝ち目の方が薄いと思ったのだろう、そいつは帽子のつばを触ってから俯きあちらへ行く、昔野球でもやっていたのか、場に向け礼をしたのか、あの申し訳ないような顔は、怒られたその反応として出てきただけのものだろうか。

オオハルと別れた兄弟は、海の方へ行こうとする。その目の前でさっきの、竿を持ったあいつが他の子ども、タイラと同じくらいの子たちの輪に、歓迎されないと知って寄っていき、何人かの腹を竿で突いてから去る。幼い子たちは困ったような顔をして、互いにいたわり合っている。彼らの、少年に特有の中途半端な丈のズボン、口を曲げ少しの痛みと、道理の合わなさに耐える顔が並ぶ。タイラは同じクラスの子でもいたのか、子どもの輪の中に入っていく。痛む腹を押さえるのはクラスの中でも、タイラの考えなしに見える行動を、よくうるさがるような顔で見てくるクラスメイトだが、竿で突かれたもの同士として、憤りを分かち合う。授業中の教室はタイラにとっては、音を出しちゃいけないゲームだ、選手権だ。

「何あいつ、大きいくせして、何あいつ」

とタミキは憤り、弟はその輪で遊ばせておき、川へ向かうだろうあいつの後ろ姿を追う。

怒りの足が、砂を強く踏み音を立ててしまわぬよう気をつける。あいつは草を蹴り石を蹴りして歩いている、顔でも殴りたいが、殴られた顔というのは色も変わり恐ろしいので見たくなく、道の傍に誰かが忘れていったボール、潰れがあるので、恐らく見捨てられたであろうボールがあるのを拾い上げる。もう跳ねなくても、何か使いようがあるだろう。川沿いの道となり、タミキは地を草ごと踏みしめて行く。掃除機のような音が常に工場から出ているので、タミキの足音はそれに紛れ、しかしそれにしても音の出る砂利道だ。身を低くして見る、段差を降りた四メートルほど下の位置で竿を構えている、薄暗い川の水面に控えめにあいつの姿が映る。ガードレールを挟み、隠れながらなので観察は難しい、か弱くない草花はとても邪魔になる。あいつの、的にせよと言わんばかりに目立つ青いTシャツ、白い靴は落ちればあれが川で汚れる。川に釣り糸を垂らし、竿の手もとを懸命に回している、片手には大きな円のタモを持って不安定だ、時々上げて確認している。タミキは釣りを知らない、だから釣りをする人がどれほど夢中で、周りが見えていないのかは分からない。砂利道は右手が川、左手には陸上のグラウンド、前に少し進んで行き当たれば防波堤、防波堤には置き捨てられたベビーカー、台所で調味料を置かれるような棚が崩れて散らばり、ＰＥＡＣＥという落書き、まだ知らない英単語なのでタミキは読まない。川に落ちても惜しくない古いボールだ、人のもので。軟らかく重くなっていることを、投げる時に計算に入れねばならない。殴る蹴るよりは、こちらの力の及ばない、後にどうなるかはあちらの運に頼るような裁きだ、というようなことをタミキは考え、自分を励ます。知らないボールなので手に馴染まず、空気で張ってもいないので、どれほど飛ぶか分からない。しかし自分はボールを投げるのが上手い、そこは信じる。近くまで行かずとも済み、突き飛ばすより手に実感は及ばず、自分に衝撃も届かず、とボールの美点を挙げ連ねる。背中が体で最も広く狙いやすい、投げた後は振り返らず、身を低くし走ろう。ボールを避けて竿を振り落とし、すぐにこちらを追いかけてきた場合を考慮に入れよう。タミキはボールをあいつに向かって投げる、何かに当たった音はする。水音もする、ボールか竿か、体が落ちてもこんな音がするか、タミキは知らない。竿を川に落とすくらいはあって当然の、ちょうどいいくらいの罰だろう、竿をただ隠すのでも良かった。やったことの是非などは別にして、今タミキは走って逃げている、勝った方は、逃げるということはしないんだろう。許せない許せないと振り回す手足で、周りを殴る蹴るなら、怒る資格もないとオオハルなら言うだろう。あいつがまたタイラを狙ってこないように、自分が守らねばならない、学校の中は安全だろうが、外で遊ぶ時はついていてやらねばならない。タミキは竿で突かれたことはない、卑怯にも、あいつの中では体の大きさで手出しする基準でもあるのだろう。あいつはボールを投げたのが、タイラだと思ったかもしれない、恨みがまた恨みを呼ぶかもしれない。でも子どもを見れば平気で攻撃するやつだ、この行いも多くの恨みに紛れるはずだ、あのボールは天罰だとも言えるはずだ、争うというのは何と面倒くさい、ボールの攻撃がまた竿の攻撃を呼ぶだろう、しかし始めたのはあいつでこちらではない、というようなことをタミキは思う。川沿いだったのが海沿いに変化するのを見、防波堤に沿い走って逃げる、海のにおいが好きなのでタミキは海に来ると、腰砕けのようになってしまう。胸に海の香を吸い込む、防波堤の先にはゴミ溜まり、それはずっと昔からあるので、あって当然、壁と共に防波を助けるわけでなく、大波が来れば脆(もろ)く散らばり波を汚すだけだろう。

　フサは自分の持ち物の少なさに胸を撫で下ろす。引っ越しはまだだが、持っていきたいものがどれほどあるのか、整理をしてみている。黒地に様々な草花散らばる柄の、大きな旅行鞄に荷物を入れて持ってみると、取っ手が壊れてしまう。遠くに出掛けていなかったので、ダメになっているのを知らなかった。

「抱えればいいわ」

とフサは声を出す。一人暮らしだからこそ、フサはよく部屋で声を出す。本当は自分の声以上に、好きな声などないのだ、自分の発する以上に頷ける言葉もなく、くり返しのものは多いが。鞄は新婚旅行の時に買った、出会い始めの時から新婚旅行くらいまでは、どのデートも、取り返しのつかない一度切りの舞台のような心構えで、待ち合わせ場所まで行ったものだとフサは懐かしく思う。大きなものは捨てるしかない、次の部屋に住み始めてから何でも選んでいくしかない、用途を決めぬまま、布を切り出すことなどできないのと同じだ。住んで傷つけてきた部屋を眺める、まだ離れていないのにもう懐かしい。外からの光の反射が強い、焼くほどの眩しさだ、目が傷つく。不思議なほどものが増えていく時期というのもあったのだが、もうこんなに少ない。靴は歩きやすいのとよそ行きの、二足あれば事足りるだろう。これは甘味屋でのパートで買わされた、と靴箱の革靴を見やる。席は全て小さく、ぜんざいとあんみつが、最も安いので最も売れた。客はおばさんが多く、帰ればまた家事があるのだろうが、椅子に浅く座って一息ついていた。畳に戻り、仰々しいほどの、太く柔らかな血管を見る、こんなだったか、静脈は取り出しても青いのだろうか血で赤いか、鶏肉ののように血が抜ければ白か。思いつき、手足を上げては下ろして運動とする、娘に教えてもらったやつだ。幼い頃娘はよく迷子になった、最も長く見つからなかったのは、博物館横の森でだ。博物館の外壁には絵画が埋め込まれ、歪みなどないブドウの粒、暗く重たく輪郭の定かでないすいか、虫もそこで休むだろう大きく開く葉、そういうのが絵にひしめくのにふと見入った、静止したものなど眺めるのは久しぶりな気がしたもので。その隙に娘はまた逃げた、いつも愉快犯だった、息子はまだ抱っこ紐だった。耳を澄ませ、娘の軽い足音だけを聞き分けようとした。周りが雲のようにぼやけて見え、緑の服なんて着せたから、葉と全く見分けられないかもしれないと絶望した。前も後ろも見通そうとした、体が倒れる力を使って進むような、その足取りで木の間を縫い探した。いつもは子どもの前に先回りし、危ない石があれば進路の外に一つひとつ蹴り出してやるような日々なのに、一度の不注意が、それをなかったことにしてしまうのだと憤った。娘は見つかり、もう手を振りほどかれまいとフサは強く握った。娘は強い風の勢いでも利用して、また離れていきたいという姿勢でいた。棚の戸を開く、この仕切られて塗り分けられた薬味の皿は、とても便利だった、最近は使わなくなったけど。一枚の広い皿に全部のせて、一人なら薬味やタレは何種類混ざっても構わないから。夫と自分は、これで何を食べていただろう。数えきれないほどの食事が口を通り過ぎていったため、こんなにも覚えていないのだろう。

「まあ焼き肉とかでしょう」

と言いながらフサは眺める、釉薬(ゆうやく)が剝げている、嗅いでみると卵のようなにおいが染みついている。良い形のヘラはこれはどこへでも持っていくべきだ、自分が創造したわけではないが、絶対にこの形で欲しかったようなものだ。引き出しからそれだけは出しておき、腰が痛むので二本足の恐竜の歩行となり、それに少し笑う、自分は肩をいからせ過ぎる、腰を引き過ぎる、そうして痛さを庇っているから仕方ない。ファックス付き電話機の棚があった、床の日焼けの跡を踏み、陽で褪せた、死んだ親との写真を一瞥する、母親が死んだ直後は何でも、母親の目になって見ようとした、自分の全て母親に照らして考えた。冷たいお茶を一口飲み、体はそれですぐに寒くなる。それならと湯を沸かし、コップに注ぎ入れる。

「お湯って水よりゆっくり流れる」

と言いつつ湯のままで飲む。ふと水切りカゴに近寄れば、カゴには白い水垢、窪みに黴も固まっている。ショックだ、見えなければないも同然だったけど、とフサは思い、カゴを洗おうか、立ったまま長い間迷う。入っている食器を出し、古い布でも持ってきて洗剤で洗わねばならない。裏返せば汚れはもっとあるだろう、思いもよらなかった大仕事だ。最近ここに、流しのところに誰か来たことはあっただろうか、誰かに見られて汚いと、思われていないだろうか。フサは流しの横に清潔な布を置き、それでカゴの代わりとする、その上に乾く前の食器を置き、水切りカゴを市の指定のゴミ袋に入れる、コップの湯にティーバッグを落とす。大きなものを捨てるという思いきりのいい行動に満足し、戻って座る、自分の動作だけが沈黙を破る。指定ゴミ袋は余ったら誰かにあげよう、ハンナとウルミで半々にさせよう。この市の人なら誰でも欲しがるだろう、出ていくものにはまるで必要のない。

「お茶は味があって美味しいな」

とフサは言い、床に落ちている、自分以外の毛を手に取る。いつも連れて歩く犬の、いつか自分の服につき肌につき、ここで安住していた毛だろう。犬の、こちらの関心を引こうとする動き、褒められるのを待つ顔が思い出される。腹を広げてフサに見せる、手で大きく掻かれるのが好きなのだ、互いのスキンシップに、それほど多くの種類もないからだ。祖父母の家には、山で獲ってきた動物の毛皮ばかりが飾ってあった、敷き詰めてあった。硬くなりこぼれていき、形だけで何か伝えていた。あれは踏むものではないと、フサは想像の犬を撫でながら思う。鹿などの皮は、日光を塞ぐカーテンにまでされていた。庭の砂利を踏む音さえ思い出せる、することなくぼんやり、家の中を眺め触り続けただけの幼少の記憶を、自分に沈み混ざって浮き上がってくるものを感じ、十字架に磔（はりつけ）の姿勢で寝転ぶ。すのこの上に、厚さの違うマットを何枚も重ねベッドとしている、その捨てにくさを思う。娘はこの際なので、介護用ベッドを買って待っていてくれるらしい。カーテンレールからカーテンレールに渡した、下着を干すための突っ張り棒も、もう取り外さねばならない、これも捨てにくい。足が冷たいので靴下を脱ぎ、固まる指の股を開き、手の指を入れ込んでいって擦る。部屋の隅に鎮座する、灰色の大きな金庫は持っていくつもりだが、自分なら親が、金庫を携え現れたら嫌だろう。何を盗られるものがあると思うし床も傷む。起き上がりその金庫から取り出し、フサは宝石箱を、この部屋で一番立派なものを開ける。外側に張られた革は濡れの染みがある、内側はささくれる木製の、一マスずつ丁寧に布が敷かれた、大小絡まり合うその中を見る、指輪を全てつけてみる。頭上の明かりに当てるために両手を挙げる、節ばる、歪みのある指に重い。手はバレーボールのトスの形となる、何を渡すわけでもないのに。

「石が光るんだからすごいよね」

とフサは言う、子どものような感想だ、何と母親に似た声だ。暑さ寒さも工夫次第、というのが口癖の母親だった、思えば、負けても傷つかないような心の持ちようばかりを教えてくれた、効率的な勝ち方などは、教えてもらえなかった。娘の家、人の家など緊張する、習慣が味方しない新たな場所だとフサは思う。毎日細かなことのみ気にして、大枠の部分、なぜ自分はここにいるのかということなどは、疑わないようにしよう。フサは石を袖で磨き上げる、頭を手で揉む、髪は深々と生える、持ち物を撫でる、大きな旅行鞄は素晴らしい花柄だ、私の好きな草花ばかりだ。

8

帰る道にある工事現場の、家の土台になるのか注ぎ込まれた、陽のせいで濁りながら澄むように見える輝く沼のセメントを見、あれほど人工的なものなら、もう裏返って自然に似るなとマオは考える。病院の出口の錆びたポストは、今までどんな手紙を吸い込んできただろう、やりがいも充分にあっただろう。家に荷物を置き団地の広場に座っていると、マオの隣にまたいつもの高校生が寄ってくる。この高校生は飽きもせず自分の話ばかりする、自分の話だから飽きないのか。

「俺は声だけはいいから、声優の専門学校行きたいんだ。でも喉が繊細だからさ、すぐ荒れちゃうんだ。だからしょうもない奴とはもう話さないの、声もったいないから、喉大事にね。子ども演劇で、めっちゃ叫ばされたせいだと思うんだよ、中学の時の部活もだけど。演劇したくなかったんだけど、弟と行かされてて弟の方が上手くて、ああいうのって兄弟でやらせるのも良くないよ。親は連れてくの楽だろうけど、何でもどっちかの方が上手いんだから、優劣つくんだから。そういう比較で長所に気づいていくようなもんだけど、早く気づいたもん勝ちだけどね、長所って。うちの兄弟は兄は賢く、弟は明るくって感じなんだけど」

と高校生は言い、マオは頷く、自分の長所に早く気づければ良いという、その一点のみに頷く。

「マオちゃんは兄弟いる？」

と聞かれマオは首を横に振る。比較の対象となるそんなものが、自分にはいなくて助かったと心底思う。でもいい声というのは周りに溢れていないだろうか、通る声通らない声というのはあるだろうが、どの声だって味があり、歌や朗読や演劇なら上手下手あるだろうが何によってこの人は、自分の喋る声をいいと思っているのだろうとマオは不思議だ、比較のものだろうか。惜しみながら加減しながら体を使うというのは、育つにつれそうなるものか、限りのある資源だと大人になっていけば気づき、年取ってカンほどに人生の終わりの方に立てば、もう今生で使いきろうと思うのだろうか、というようなことをマオは考える。マオは今はまだ自分は無限に伸びていくような気がし、体は一人でいる時は顧みられることなく、人からの評価のみ煩わしく付きまとう、表面というのは何でも、ただ鑑賞の対象で、というようなことを思う。両親ともにマオに興味なく、いないように振る舞われる時も多いので、そのたびに自分に実体などないのではという感はより強くなる。マオは誰にでもするように適当に相手をし、会話というのは力まず気楽にやる方が、いい結果を連れてくるというものでもあるので、高校生の喋る調子はマオの相槌を得てますます高らかに明るくなっていく。自分に向けて惜しみなく使ってくれている声、確かにアニメで流れてくるような、とマオは思うが、相手を嬉しがらせる必要もないので言わない。

「さっきの意味分かる？マオちゃんはしょうもなくないってこと。自分の喉を犠牲にしても話したいってこと」

と言われ、あー、とマオは声を伸ばす。相手は目を合わせてき、マオも見、景色と顔なら変化に富む分、顔の方がおもしろいのかとは思う。優しくし過ぎれば相手も欲を出してくるだろう、パパママも私に対してこんな気持ちなのかもしれない、娘が図に乗らないよう、より多くの優しさなど求め出さぬよう、だから最小限の優しさしか見せないのかもしれないとマオは思う、その気持ちはよく分かる。

「マオちゃん、俺たち付き合いませんか。高校生と小学生だと、見た感じ犯罪っぽいけど、でも帰ってすぐ制服脱いで来れば、別に分からないし。プラトニックでいたらいいんだよ、触り合いはしないってこと」

と高校生が言い、それなら友情と何ら変わりないだろう、触らずに済むならその方がいいのでマオは、へー、と返事する。夕方を必ず共に過ごしてくれる人が、一人増えただけで心強くはあるか。高校生は思い直したように、自分の一度放棄した権利、可能性に気づい

たように、

「手くらいは繋ぐかも、抱き合うのも、何かで唇が当たっちゃうとかは、友だちでもあり得るかも、遊んでたらね」

と少し慌てて付け足す。マオは緩く首を振る、自分としては縦横無尽に振るので、見ている人の角度によって肯定否定が決まるような動きだ。言い募られると、意思なくいるこちらとしては太刀打ちできない、マオは手を握られれば、そのままにしておくであろう自分を容易(たやす)く想像できる。寄ってきた手をはね除ける労力は、握られておく労力を上回る。拒絶は手間だ、拒絶には後で説明が求められる、顔は縦に動かす方が楽で、うんよりも、うん、の方が字数も多い、あんなに私を拒絶できるパパママはすごい、我が子になら何だって気楽にできるのだろうかとマオは考える。横で高校生は喋り続ける、人の顔は見るところ多く、会話は沈黙よりはマシなのだろうか、静寂が考えを呼び、考えが人を作る気もするがというようなことをマオは思う。接触もなく会話だけをし続けるのも、全くの無意味ではないが疲れることだ、誰とでもできることをこの人と、と決めてやっていくのは。高校生はやはりマオの首の動きを、自分の良いように決めつけており、

「嬉しいなあ、俺歌も上手いからカラオケ行こうよ。家で歌うでもいいよ、親がいない時俺家の窓閉めきって、大きく音楽流して歌うんだよね、音漏れ気になるから、紙コップで

口に蓋したりするんだけど」

と、これからの話をする。家で紙コップの方なら堪らないなとマオは思う。

「マオちゃん歌好き？」

と聞くので、マオは合唱曲をソプラノで歌う、それ知ってる、と高校生も入ってくる。上手く歌えなければ、歌は嫌いだっただろう。なるほど、好きな時に容易く合唱できるなら、傍に誰かいるのもいいものだとマオは思う、異性なら別のパートで。仕事から帰る大人たちがここを多く通る時間になったので、マオの横にいた高校生は帰る。夕方はマオにとって恐ろしいような時間だ。砂の表面を羽根と埃が飛ぶ、広場で少年たちは、節をつけた野次を飛ばし合いながらボールを蹴る、虹色のボールに勢いある。遠くて顔は見えないが、横で待つ妹のためか、砂の造形物を作り続ける、砂場の主のように座る大きな少年、妹はすくっては流し、砂の落ち方を楽しんでいる手、やはり景色だって変化あり見所あり、とてもいいものだとマオは思い、家に帰る。

　窓際のカンのベッドを半円で囲むように車座になっている。カンは柿は柔らかくなったのが好きで、それが入った器をハンナが渡してやる。カンは片手で自分の体全体を撫でる、何かにしがみつく形の手で。痛みに時折身悶えする、自分の動きで難を逃れようとしている。最近のカンは移動すればよく吐くので、ソファはいつもどの面かが取り払われ干されている、でも移動したがる。柿はこの見た目にしては爽やかなにおいだと、カンは鼻に近づけて思う。陽はちょうどいい角度で差す、季節が巡ればまた違う光となる。カンが死んでしまえば後は、晴れで気分は最高と体を伸ばし両手を挙げ、でももうここにカンはいない、とその濡れる目に手をやり、顔は俯き背は丸まるという動作を、そのアップダウンの運動を交互に続けるしかないのだろうという予感にハンナは暗くなる。カンを思い出し笑い思い出し泣き、しかし人生はそれだけで埋めるには広過ぎる、自分は記憶力がいいが、欠けたるもののない記憶というのは存在しない。

「将来ウルミみたいになりたい。外見だけでもいいから」

とリユリが言うので笑い、さっきリユリにしてやった、手の込んだ髪型を撫でながら、そりゃあ近所の少女たちは私を好きだろう、私が、小さい頃の自分を慰めるみたいにして接してるんだから、とウルミは思う。自分のものが一つでも増えるのが嬉しかった幼い頃、友だちのお母さんに、ビーズで作らせてもらった立体の小物をウルミはまだ覚えている、そういうのを少女たちにあげたいと思ってやってるんだから、教訓の顔をしていない助言を、与え続けたいんだから。他の人たちからももらうだろう多くの助言に紛れ、少女たちの取捨選択の選から漏れたとしても、それは徒労ではない。

「それでさ、マオに付きまとってる高校生の話。どうなのって話」

「その人の、名前も覚えてないくらいだけど」

と言うマオの方に、ウルミが身を乗り出す。

「あ、私もしてる時に誰の名前も呼ばないの。間違えて失礼にならないようにね」

「ウルミ周り見て、子どもとおじいさんだよ。純粋な女子会じゃない」

とハンナが手で制する。

「純粋な、って言いようも変で、難しい括り方で。ここではキスの話くらいまではいいってこと?ねえ、カン」

「手繋ぐまでだよ。名前はさ、呼んでやりたいようなのと付き合えよ」

とカンは、ウルミへの遺言のような気持ちで言う、ウルミに伝えたいことは本当にそのくらいの気がする。リユリとウルミは自分たちを似たもの同士だと思っているが、マオとウルミだって似ている、もちろんマオとリユリも、ハンナとウルミだって似ている。

「あー、恋バナより楽しい話題とかないよねー。でも待ってさっきのはやらしい話じゃないから、私デート中もさ、名前は頭に浮かべてから言うの、それでも間違うの。頭悪いからだけでは説明つかないの。今の人はさ、店長だから店長って呼んでるけど」

とウルミは言う。セックスの時など別にずっと忘我でいるわけでもないのに、今までに聞いた名前が頭に溢れ、あなたは誰かと相手に聞きたくなるくらいだ。男の名前は漢字二字が多過ぎないか、前後で分解できるからどの組み合わせもあり得るではないか、そしてどれでも良く、というようなことをウルミは思う。

「区別なんてしてやるもんかってことかなー」

と言いながら、いくらリラックスした姿勢でも、床に座っているのは苦行なのでウルミはもう寝転ぶ。それで手の横に来た尻をリユリが叩くので、やめてね、と元気に言って尻を振る。

「カンのあの恋バナも喋ってよ、お寺の娘さんのやつ」

とウルミが、題名、お寺の娘さんのやつ、と名付けて言い、話の筋を思い出しただけでハンナも笑い、カンは大昔にあった恋を話し、それは何度聞いても少女たちにはおもしろく、マオも今の手持ちの札、高校生とのプラトニックラブというネタを早く話したく、しかしカンほどおかしく話せる自信もなく、小さな自慢、危ない事案となり場が白けるかと恐れてやめ、リユリは好意というものがいつまでも続くという励ましが欲しく、カンの夫婦の話などでヒントを得たくリクエストし、しかしカンは死んだ妻のこととなると恥じらい、無邪気に愉快には話せず、ハンナはカンが寝付くようになってから、カンを眺める時はいつも涙の厚い目をしており、祖父母の恋の話などに接すれば、目に収まりきらない涙が伝うだろうとは思いつつ、泣いてしまえば隠すために、台所にまた柿でも剝きに引っ込めばいい、カンのプロポーズはねすごいんだよと、ハンナはカンからくり返し聞いてきた夫婦の話を語り始める、ハンナが涙に阻まれれば、続きは自分が引き継いで語ろうとウルミは思っている、リユリがウルミの尻をまだ小刻みに叩く、絶対にやめてねと元気な声で言う、全て部屋の陽だまりの、彼らの半円の中で行われる。

外に出れば、ビーフシチューか角煮のにおいがどこの家からかする、マオは食べ物のにおいを嗅ぎ分けられない。においだけで今日の給食を当てる子には驚く。外に出れば他の子たちの、膝の出る華やかな服、一輪車に乗るならヘルメット、人の持つものを見て心穏やかでいられない時もあるが、マオは幼い頃よりは、自分と人とを分けて考えられるようになっている、こういうのは訓練のものなので。雨上がりの、いい水分ばかりを含んだような空気だ。リユリといつもの海辺に座って、さっきの恋バナや親の悪口など喋る、身近なものについての会話ばかりである。

「ママって私が熱出すとすごい不機嫌で」

とリユリは言う。マオが返事する間にも、リユリはもう次言うことを思いついた顔をしている。リユリは土曜日は家族で牧場に行った。顔が草だらけの羊、草に沈み込むようにする石、花とは無縁のような木、ここを良しとしていない顔の牛、黄色い炎のような木を、リユリは親たちから離れて一人で見た、見るのに飽きると、開けていても仕方ないので目を閉じた。バター作りを申し込み、生クリームを瓶に入れて振るだけで固まっていき、寒さで母親は不機嫌、瓶を振る力強さをリユリが褒めれば父親は上機嫌で、これだからパパといる方が気が楽だ、ママが思い悩むのはいつもこちらがどうしようもないこと、とリユリは思った。朝早くから行ったので、持ってきた弁当を食べ終えれば、予定していたイベントは全て終わった。疲れは次の日も尾を引く、子どもが体調を崩すなどというどうしようもないことに、母親は脱力する、マオの家は家族で遠出などしないようなので、リユリは牧場の話はしない。

「高校生は、私と付き合ってると思ってるよ。なしらしい、触るのは。プラトニックラブらしい」

とからかうようにマオが言う。私からの好意に気づいているくせにと、リユリはマオの軽薄、浅い思慮を呪う。プラトニックと言いつついつか二人は唇を嘴のようにし、人に見られてはなるまいと隠れながら視線を合わせ、目の潤みを眺め合い、相手の全てを目に入れたいので顔は近づいて接してしまい、というのをやるのだろう、堪らずに目が笑い出すかと想像する。

「そうなると思ってたよ。でもそれって友情とどう違うの?まあ、こっちの友情に敵わないだろうけど」

とリユリは言う。私たちの友情は恐らく、両者が賢明でありさえすれば長く続くだろう、広く良く引き延ばせるだろうとリユリは自分を励ます。これからも手くらいは繋げるだろう、高校生同士の少女で繫いで歩いているのはよく見る、おばあさんになってそうしている二人というのは、そんなに見たことないがとリユリは思う。先人たちの行いを見て、その通りにやっていく、ということもないのだが、前行く人がやっていることは、容易くできる気がする。マオのすること言うこと、いちいちを大げさに、取り違えるような受け取り方ばかりを、これからも自分はしてしまうだろう、好き、と言いたくなって時々言ってしまえば、口から溢れてしまったのを誤魔化す態度を取らねばなるまい、というようなことをリユリは想像する。リユリはマオのありとあらゆる動きを見ている、マオの前でなら途端に褒め上手となる。マオが大丈夫かと問う顔で、手をリユリの手に重ねる。リユリの頰にマオの髪の毛が影を落とす。抱き合い、マオはリユリの背を太鼓のように叩いてやる、バネがあるかのように中で響く。

「もう、何。大丈夫だよ」

とリユリは力を入れ肩をあちらに押す、踏ん張る足もとで砂が跳ねる。思わずそうしたが、さっきの一手が何か取り返しのつかないことに繫がらないかとリユリは恐れる、自分はマオの手を、おばあさんになっても繫いでいたいのではなかったか。抱き寄せられ遠慮するようでは、その境地には至らないではないか。好意の前では人は、分からないながらも腕と脚に力を入れ、初めて立ち上がり行く赤ん坊のようだ、首を上げ前を見ようなどとは思いもよらない、赤ん坊には前後という発想もないか、というようなことを、リユリは黙って考えている。

「嫌なの?·私と高校生のプラトニックラブが」

「嫌だよ」

とリユリは答える、言葉にできることは必ず言葉にしていこうとする、伝わると信じるからでも、習慣となりやめ時を失ったからでもない、飽きずに語っていたら楽しくなってきて続けるわけでもない、ではなぜ語るのか、違う違うと否定していって最後に残るものが正解なのだろうと、リユリは呑気に構えようとする。自分の中に浮かぶ相手への気持ちにいちいち命名していき、絵画や音楽にして残していきたい気持ちでいるが、マオは絶対に私に対して、そんな手間はかけてくれないだろうとリユリは思う。刈り取れる量の予想外の少なさを嘆くようでは、種を蒔くのには向いていない。じゃあこちらだって何もしない、もうお手上げ、と両手を降参の形で挙げても、またすぐに相手を撫でたくなる手なのだからポーズは意味ない。そうして大きく手を広げても、その瞬間相手は動きに驚くだろうが、意地になってそれを保っていても、長く注目してはもらえないだろう、ポーズなど見ている人のためのものなのに。大木のように挙げた手のまま撫でもしないならつまらなく、相手は立ち去るだけだろう、自分の腕も意味なく疲れる。私の命名、絵画を見せ音楽を聞かせ、それで感動すれば相手はもっと寄ってきてくれるか、その腕を磨くしか手はないのだろうか、全体的に腕や手の話になってくるなとリユリは苦笑する。まあいいか、高校生とはプラトニックなんだろう、できるならの話だけど、キスの時に名前だって、マオに呼んでもらえないだろうけど、と思いリユリはウルミがさっき作ってくれた髪型を、若い髪で弾けるような編み目を撫でる。長く共にいる私たちなのだから、どれも語り合える歴史となるだろう。

「題名、小学生時代、マオのプラトニッククラブ」

と名付けてリユリは笑う、リユリが笑ったのでマオも笑う、またマオの、的外れの反応だ。

マオは家では黙り慣れている、家には一人の時が多いので、声など必要ない。こうして団地の一室に帰り、服の中の細い肩、肉や骨の形が分かるような気のする肩を、服の中に手を入れ直に撫でている。水彩画を描けば絵の具の片付けが、運動の前後にある着替えが、マオには全て面倒くさい。図工の時間に作り上げたものは、でき上がった瞬間はその満足で光を放つものの、他の子のと一列に並べられれば、驚くほどみすぼらしく不完全である。そういう時は俯くしかない、柄のある服なら下を向いた時に柄がぼんやりと目に入り、目は暇ではなくなるので、マオは柄のある服を好んで着る。逃げることばかり考えて、勉強からずっと逃げきれればいいけどね、そんなことないでしょうと担任の教師は脅してくる。統率の取れた子どもの群れを望む、配慮のない教師だ。太い流れのように授業は進む、マオは多くを取り逃がしていく。どのページを開いていればいいのか横を、マオは授業中は横ばかりを見ている、動きや出す音が、どこまで許されるか分からない、ちょうどいい逸脱などとんでもなく難しい。望まぬ方へと向かう電車に乗ってしまっているような、時間の損の感覚、しかし何人かはいる乗り合わせた親切な乗客たち、というのが学校にいる時にマオの頭にイメージされるものだ、望まない場所だろうとただどこかに着くのを、願っている時間だ。もしくはみんなは舗装された道路、自分は獣道を進む。大きく重い獣が前を歩いてくれれば助かる、私も後ろのために強く土を踏もうとマオは考え、自分より小さな獣とはどんな、と資料集を開いて探す、それで授業時間は過ぎる、逃げるばかりの姿勢である。作るの面倒くさいんだからお茶あんまり飲まないで、といつも言われるので、マオは蛇口から水を捻り出して飲む。保温中のご飯を器に盛り佃煮をのせ、欠けた茶碗なので唇を切らぬよう気をつけて食べる。まだどこかに口はつけられるので、全て欠け、一周山や谷になってしまうまでは、この茶碗を使うだろう。底に穴空けば、入れても下から漏れていくなら、器は途端に意味のないものになる。親が用意するものは心もとない、保育園の時なら箸とフォークとスプーンのセットが、あとはコップが、全部袋に揃っている日の方が珍しかった。自分でやったことなら落ち込むだけで終われるが、人のせいでとなれば人を恨んでしまうのだから良くない。自分がもし子どもを持てば、給食セットの準備は早くから子どもにやらせようとマオは思っている。指に生えた産毛を撫でる、今は自分で片付けられるが、幼い頃は枕もとで吐いたのを、いくらどちらかを呼んでもしばらくそのままにされたりしていた、吐き出したものはすぐ冷えた。溢れないように、折るように枕を持ち上げ、吐かれたものは枕にいるのを嫌がるように滑りこぼれ落ち、親のところへ辿り着く頃には床に川となっていた、もちろん怒られた。手もとが狂い牛乳が床にこぼれる、高くから落ち弾けた水滴は王冠、ドーナツの形を、一瞬でも輪を形作っただろうと、見えなかったが想像する、牛乳が飛んだ床をマオは眺めたままで、本当に中心から太陽のように線が引かれるのだと感心する。テレビを点ける、親子の番組、大人が子を膝にのせ次々と体勢を変え楽しませている。マオの家では見られない触れ合いだが、他の家ではこういうことが壁の中で行われていると、思っておいた方がいいわけだ。知っていればとりあえず、外で恥をかくことはないだろう、既知なら防げたのにという事態があり過ぎる、知らないことが多過ぎる。気が塞ぐのでチャンネルを変える。テレビではリポーターが、食べた貝とナッツの殻は、お客さんはこうして店の床に捨てていって、それが足もとに積み上がっていくんです、楽しいですねと居酒屋の説明をしている、果たしてこれをしたいかどうかとマオは考える。前にどちらかに言われた、何を信じようか品定めしようとしている目で、また何か見てしまったと反省する。ニュースは何もかもがいかに大変か、ということを言い続けるように思える、立ち塞がる自然、過酷な不運。連休の人混みというだけで悲劇の様相を呈する、混む駅も苦行のようだ、広々とした場所での苦行だってあるだろうけど、というようなことをマオは思う。遠くへ行き、多く見たいなどという希望は、マオにはない、そんなことが自分にできるとも思っていない。知らぬ場所でも見知った場所でも、目立たないようにだけしている。マオはテレビで録画されている映画を観ようとする、多くの録画リストの中から選ぶが、録られ残されているのは恋愛映画ばかり、自然と親と趣味は似てくるだろう、人の後に続く形でしか自分はものと接せられないのか、子は親に属するか、親が家か、親が狭い門か、というようなことをマオは考える。住んでいる家も仮の宿という気持ちで、マオは両親といると自分の唾を飲む音さえ気になる、テレビを点けるたびに、自分でテレビを点けられるようになって良かったと思う、牛乳も自分で拭ければ、こぼしてもそんなに怒られない。映画は新しいのが録れていて嬉しい、マオがここで思っても無駄ながら、しかしどうかハッピーエンドですようにと願っている。終盤は手に汗を握り込む、愛が続かないのは、しかし本人たちにも観客にもどうしようもない。愛し合ったまま離れるラストもあり得る、傍目にも本人たちにも、どうなったのか分からないのも、最後に二人で笑うも片方死ぬも、景色で終わるも顔で終わるも、幸も不幸も、全てあり得る。

9

マオは広場のレンガ色のベンチに座り、靴は土を掘り進める、横のタイラとは異なり、何の目的もない。タイラは尖る石を手に持ち、それで切り株の周りの土を削っている。団地にはクリスマスの雰囲気が漂っており、それは各家庭の扉のリースや広場のイルミネーションとそこの音楽など、目に見える耳に聞こえるものによって作られる。まあ手触りでは何も、クリスマスの感じは与えられないわけで、とマオは思う、ベロアなんかは、触れば冬っぽいくらいは感じるだろうけど、表現としては弱い。だからといって手触りは軽視できるものではない。もうベッドに寝たままのカンなどは、テレビやラジオは流しているのみで、日中ただ手が布団の手触りを楽しんでいるだけの様子なのだから、最後まで残るのは手触りなのだろう、柔らかな乾いた寝具締めつけの少ない寝巻きが、年老いたカンに最後まで寄り添うものだろう、もしくは服の中にこもる自分から出る熱、またはみんなのカンを撫でる手、というようなことも思う。

「この切り株はもうこれ自体で森になってる、若い木も生えて。こっちは石みたい、色も。これだけ低く切られてればもう地面と同じなんだよね。全部このくらいの低さだったら見てられなくないか、なかったことになるか」

とタイラが言う。マオもその、木だったのを深くうなだれ覗き込む、森みたいなのは悪目立ちしている。顔出す根は噴火の山の形、そこに種類多く草茂り蔦覆い、生命の力強さを見せつけられマオは居心地悪い。対して石のようになったのは、黒ずみ白く黴び割れ草に潜り、この上で何か起こるとはもう思えない。この差は何だろう、切られ方によるならタイラの低く切る作戦は、木の息の根をより止めることにならないか。いつか取り壊される団地の、木が切られ続けていることをタイラは危惧しており、打開策を日々考えており、この子は住んでるわけでもないくせに、とマオは熱意に半ば呆れている。団地の住民であるマオにも、切り株の増減は分からない、何事も考えろと言われて初めて、考え出すようなものなのだから、注目していないものは見えない。生まれた時くらいから、もう壊すと聞かされている団地なのだ、マオは期待していない、内のことを考えることも外に目を向けることもない。タイラとしては、生命溢れる切り株はそのままにしておけば、石となったのも変身を遂げたのだからそれでいい、もっと見ていられない切り株から、どうにかしていきたい。タイラは木の横に生えるローズマリーの葉を触っては指を鼻に持っていく、家でも香るよう手に擦り込み、マオにもそうするように言う。マオにとっては葉は蹴りつつ歩き音出すためのものなので、他に用途があるのに驚く。タイラはカスカスの切り株であれば何かで埋めてあげたい、もう椅子になりきっているのは椅子であっても良いのか問い、まだ新しい断面にはニスでも塗ってあげたい。タイラとしては切り株は侘しい、あるべきでない、なので今の計画としては、切り株を低く、地面と紛れるほどに切ることが最善、燃やすや抜くも考えたが。兄に言えば止められるだろう、考え過ぎるところがあるから、人に何かもらっても、自分が上手に喜べたかばかりを気にするような兄だ、人の目の中で生きてるのだ、というようなことをタイラは考える。タイラは咎められるのは気に留めない、煙たくはあるが。こうして顔を失くした切り株たちを、体を失くし顔のようにされたともいえるか、そのままにしておけない。何だこれは、とタイラが大袈裟に叫び指差すので、マオは寄っていってやる。誰かによって格子状の切れ目が深く多く入れられた切り株で、上に落ちる葉をどけながら、メロンパン、とタイラが呟いている。自分がやろうとしているのがこういうのに近いことだとは、気づいていないんだろう、とマオは思いながら、でも人に何か言うほど自分が知っているわけでもないので黙っている。切り込みには緑が挟まる、生えているのか溜まったゴミなのか、そしてそれは私にはどうでもよく、とマオは剝き出しの膝を抱える。夕方の日照りは寒気がするほど眩しく、その寒気が楽しいのでわざとそっち向く。

「オオハルは好きな人に告白したんだよ、あの、窓の大きいタリーズコーヒー?あるじゃん、みんな外向いて座ってて、何を飲んでるのか見たくて外から目を合わせてると、みんな下向いちゃうところ。オオハルと女の人が席から立ち上がるところで、僕は探偵ごっこでついて行ったの。いい感じだったかは分かんない、同い年くらいの二人が一緒にいたらそれだけでいい感じしない?公園に着いて、二人は砂場に後ろ向きのベンチに座ったから、僕は砂場で遊んでるふりで、砂場って掘ってたら遊んでるように見えて便利だよね、音もそんなに出ないし。雨の後で濡れた土だから、水取ってこなくてもトンネル作れて。そんでオオハルが、好きです、って言ったと思うんだよ。私恋愛って嫌いなんです、しないんですって女の人が答えて、それは分かるって僕は心の中だけで頷いて、オオハルもとりあえずまず、そうなんだ、って女の人に言ってあげればいいじゃん、でもできなくて、でもそういうのって人のことだから分かるんだよね、自分のだと途端にパニックになっちゃうんだから。昔話とかでもそうじゃない?欲張るといけないよって、欲張ったせいで何か起こるよって、読んでるこっちには分かるんだよ、登場人物たちは全然知らないで。

それでオオハルは、恋愛しないって言いきっちゃうのは、好きな人にまだ出会ってないから、それだけのせいじゃないですかって、いつかするんじゃないかなって、何か決めつける感じだったんだよね。そう、それならまだ出会ってないってことだと思います、今この瞬間も、もちろん、って女の人は言って立ち上がっちゃって、僕は驚いて振り向いて、オオハルも体の向きを変えて、それで僕に気づいて。雰囲気的には、ダメだったってことだよね？女の人は立ち上がったんだもんね。何か、会話の終わりって分かんないよね、どっちかがあっち行かないと、まだ続いてるのかなって思っちゃう。だから僕は、団地で大勢で遊ぶ時も一番最後に帰るんだよね、もう遊びたい子はいないんだって、分かって安心してから帰る。オオハルは、あっあっ、って感じで、でもまだできることはあるって感じで、それはオオハルだけの雰囲気ね、遊んでたのにふと残された子みたいになっちゃって。女の人の雰囲気はどうだったんだろう、雰囲気って本当に分からない。僕が入っていった方がいいかなって思いもして、誰かと誰かが喧嘩してる時に入っていくのは危険だけど、見てるのに関わらないなんて、あり得ないしなって。恋愛って喧嘩みたい、恋愛が嫌いって言う人がいるの本当に分かる。ぶつかり合いってことだもんね？母さんと父さん見てても思う、あれはもう恋愛じゃないのか。広く浅くでいいじゃんか。オオハルはあっち行っちゃう女の人を追いかけて話してこっちに戻ってきて、こんな大きなトンネル作ってたん、って僕に言って、すごい掘れたから。オオハルにタリーズで何飲んだか聞いて、カフェラテかカフェオレかだった、ココアだったら羨ましかったけど、コーヒーだから何も羨ましくなかった」

とタイラが話す。マオは親がマオにやるように、もっと何か言おうとするタイラに手のひらを見せ制して、

「コーヒーって飲もうとも思わない」

とそれだけ返事する。

「何か道具がいるな、道具が、手じゃね。マオまだいる?」

とタイラは立ち上がりマオは頷いて答える、脚が粉を吹いているので手の脂で何とかする、錆びた電池が転がっており、白や茶色や緑の粉を吹き出し、これも森みたい。オオハルが団地に帰ってくるとマオがしゃがみ込んでおり、その手は切り株をむしり取っている、寄っていこうか迷い立ち尽くす。オオハルはさっき母親に出会った、駅の人混みで、揉み揉まれしている時だった。自信の持てないまま背後に回り、服装持ち物を見定め話しかけた、母親の短い驚きの声で確信し、逃げられないよう腕を摑んだ、人が流れずに溜まっている方へ連れていった。

「姉さん婚約するんだよ、働いてるとこの店長と。お祝いでも言ってあげなよ」

とオオハルが力を込めると、痛い痛い痛い、と母親は大声で顔をしかめ、オオハルは手の力を緩めはするが離さず、母親は、

「えー、すごいじゃーん、やったじゃーん」

と言いつつ腕を上下左右に振る動きで、オオハルの手を振り解こうとした。

「父さんはどうしてるの。今の電話番号か住所か教えといてよ」

「お父さん?元気元気、もういいじゃん、ここまで大きくしたことを褒めてよ。また誰か弱ったりしたら考えようよ、そしたら連絡するし。ウルミもさあ、結婚するならじきに分かるよ、投げ出したくなる時は、父さん母さんいつでもあったんだろうなーって。耐えたなーって。結婚式とか行かないからね、遠くでやりな、沖縄とか。ウルミはオレンジか赤じゃん、お色直しは。分かんないけど、雰囲気」

「俺は何色似合う」

「知らないよ、新郎の方は普通に白着てなよ」

と母親は笑って答えた。会話を引き延ばすためではない、オオハルも何か一つでも多く親から助言をもらいたかった、母親は途中で辞めたが教師だった。

「それオパール?おばあちゃんからもらったやつ?姉さん探してるやつかも」

「探してるとか知らないよ、おばあちゃんのだったなら私のでしょ。まあ別にあげるっ

ちゃあげるけど、そんなんで覚えてられるのも嫌だし。シルバー錆びやすいから、これ」と言いながら、金具を自分の前に持ってきて外そうとし、下向く母親の顔は弛み、肌は古い革の表面のようで、オオハルは母親が家に置いていった参考書、母親が学生の頃自分で表紙を革張りにした、それで姉もオオハルも英語の文法を勉強した厚い本を連想し、子どもは柔らかく年を取れば固く、と思うなどした。母親は革が好きで、少ない手持ちの本全てに張っていた、本自体は好きではないようで、ただ革を張るのにちょうどいい大きさ表面として扱っていた。縫うのはできないから、入れ物とかは作れなかった。

「ちょっと母さんの写真撮らして、姉さんに見してあげたいから」

「嫌に決まってんじゃん、もう化粧浮いてるしさ。やめて。あの子も結婚か、周りに気遣い過ぎるタイプだったよね、違うっけ?それはあんただっけ?じゃあ急いでるし」

「どっちもだよ。それは母さんもでしょ、遺伝でしょ」

とオオハルは言い、ずっと力を込めこちらを振り解かんとしている母親の腕から手を離す。母親はその機を逃さず、じゃ、と短く言って、進もうとしていた方へ早歩きで行く。オオハルはスマホを取り出し、雑踏に紛れていく母親を、後ろ姿を写真に収める。適当に雑踏を写したような、でも一人だけ浮き出るような、ただ一人雑踏から浮き出て見えると、こちらが信じたいのでそう見えるような。オオハルはさりげなく追う、こうして逃げる母親の背を昔も追った、スーパーや商店街で、集合の時間と場所だけ決め、母親はすぐいなくなった、子どもの足では追いつけなかった。姉と弟は毎回諦めがつくまでは追いかけ、後はお菓子など見て大人しく時間が来るのを待った。母親はあの時同様振り向きもせず、でも子どもが後ろにいることは分かっているだろう、オオハルは前に回り込みたく思う、どんな顔で、毎回子どもを振りきっていたのだろう、きっとせいせいした顔だったろう。子どもが攫われでもすれば、その後の面倒くささの予感のみに頭を抱えただろう。あの人は一人で買い物したい人だ、子どもとどこへも行きたくない人だ、それなら生んでくれるなとは、オオハルはもう思ってはいない。しかしオオハルの成功に、飛び上がり喜んでくれた頃もあった、もう今はオオハルの成功を自分の成功には、繋げられないのだろう、成功の大きさによってはまた違うか。母親は人混みに紛れた、オオハルはオパールを、ただそれだけ残ったのを握り締め考えた。姉はこれをいつまでも大事にするだろう、どう渡そう、母親に偶然会ったと言って後ろ姿の写真を見せても、喜びは少ないだろうか。なぜ後ろ姿か問うだろうか、顔はどんなになっていたか何を言っていたか、自分が語れることは少なく、姉は気落ちするだろうか。このオパールを最大限活用してもいいわけだ、封筒に入れて部屋の隅にでも潜ませ、ああ、ちゃんと母さんは姉さんの大事なものと分かって、避けて置いておいてくれたんだね、今見つかったねと差し出せば、封筒にはウルミの大事なやつ、とでも書き添えておけば、母親の字に似せて、いやに子どもっぽい字だったと思うが、それを姉はこれからの励ましとするだろう。どんな字だったかなんて正確なことは、もう二人には分からなくなっているのだから、長文書いても、母親の字でないとはバレないだろう。オパールは親から受けた宝物、封筒まで大事に取って置かれ、でも整理整頓の苦手な姉の手でどこかに紛れていくだろう。もしかすると雑踏から自分が母親を見分けたように、姉は弟が書いた字だと見破るかもしれない、それはそれでまた、別の感動を呼ぶだろう、姉を思い遣った弟が、嘘を吐いてまで喜ばせようとした贈り物だ。母親の言葉を伝えれば、姉はオレンジか赤色のドレスを選ぶ。オパールは洋梨、水滴のような形、シルバーの錆びは歯磨き粉をつけて磨けば落ちるだろう。オオハルの手の袋には毎日食べるパンが、今日はパンの特売日ではないがスーパーに寄って買ったのがある。姉も朝にパンを食べるようになり、ついでに買っといてと言われるため二人分、しかしそうなると途端に計算は難しくなり、一週間分買っておくという複雑なことはできず、姉は食べない日もあり、台所のパンを置く棚は混乱を極めている。袋入りのパンが山となり、不安で多めに買えば余り、日々が経った実感なくとも消費期限がすぐ過ぎる。人の好みのパンを絶やさぬよう、飽きぬよう選んで買うのは難しい、奥から並べ袋は嵩張り、色形が目に迫る。姉は何も食べないような時期もあったので、その名残としてオオハルは姉が何か食べると言えば安心する、食べかけでまだ食べたいものだって、姉に差し出す準備ができている。あの時は家族みんなで考えたものだ、姉の飲み物に油を入れておくのはどうかと、父親は試してやっていたものだ、今考えれば信用ならない親だ。海の香がする、今も海の水は海自身と、他からの力で流れているだろう。カンが故人になれば共に多くいた場所が最も印象に残るだろうから、オオハルは海辺では頭を抱えるだろう、カンの姿ではなく、共に見た海面ばかりが光って思い出されるだろう。カンが住むのが、海に近い棟ならまだ海に連れ出しやすいのに、一階でなければ窓から海も見えるのに。表面毛羽立つ、獣の手触りを持つ、もう見渡せる幹、歳月風雨に耐えてきたのを剝がすマオに、オオハルは近づく。

「何かそれ切り株の計画ってやつ?あんま大掛かりなことしちゃダメだよ。切り株もみんなのだから」

「オオハルってフラれたの」

とマオが聞く。

「タイラに聞いたん」

「うん。まだ終わりと思わなくていいと思う、生きてる間はもう相手を待つ時間なんだって、思いきってもいいと思う。迷惑かそうじゃないかの境目は難しいけど、でもそんなのは本当はすぐ分かる。一生かかっていいなら、もう出会えはしたんだから、長い間に何か変わることはあると思う、変化が変化を呼ぶと思う、映画ではそういうことがあるよ。すぐ何年でも経ってるよ、見えないところで相手は変化してまた現れるよ、隙につけ込めばいいいんだよ」

とマオが言う。オオハルはマオの方を見ないようにしている。ここでマオに、後でタイラに、それをもう他には言いふらさないよう言い含めても無駄だろう、子どもは信ずるに足らない、心の機微も分からない。子どもを殴るという選択肢が自分の中にあれば、今殴っていたかもしれない。言ったことは絶対に戻らないのだから、もう何も言わない方がいいのではないかとオオハルは考える、人に向かって好きだとも、もちろん言うべきではなかった。子どもたちに団地中に言われる前に自分から広めてしまおう、できるだけ早く、とオオハルは誰か探しに行く。カンに話せば、そういうことはあるとただ慰めてくれるだろう、別に俺が悪いわけではないんだし、慰めてほしそうに話せばそうなる、とオオハルは自分を励ます。オオハルはそうして自分だけを気にして、切り株をこんな風にしてはいけないと、する方がどうかは知らないが、見る方は自然に対しての、侮り軽んじ、そう見てしまうと子どもたちに注意をするのはもう忘れてしまう。喫緊の課題は、自分の名誉を守るための働きかけだけである。無言で離れるのも変かと、マオに笑ってみせてから去る。マオは微笑み見送る、オオハルが笑い飛ばせて良かった、自分の助言に満足している、でもいつにも増して無理しているような笑い方だった、大人は子どもより、がっかりさせられることに慣れていないのだろうか、そうでもないか。冬でも薄着のタイラがあちらから戻ってくる、ノコギリ二本と紙袋を持っている。枯れ草茂る川辺の草を、試しに刈りながら来たので、刃には草がついている。タイラの上の服の脇の下と、ズボンの座って地につく部分は、恐ろしく毛羽立っているのでマオは指摘する。

「脇はさあ、動かすもん」

「そう、動かさなかったら毛玉もできないよ。だからあんま動くなって言われるもん、パパママに」

「あ、秘訣?それ」

と聞くタイラの毛玉をマオは取ってやる。親に怒られぬよう毛玉はむしり取るので、慣れた動作だ。授業中も気になれば取り続ける、長い髪の枝毛や結ばれてしまった毛先もハサミで切る、教室の席に着いていると、手近で細かなことばかりがマオには気になる。片手は、長い髪を人差し指と中指で挟んでは後ろに持っていく動作、ウルミがよくやる動作をする。タイラは家から持ち出したものを並べる、古い方、と渡されたノコギリは錆びているので切れるのかマオには疑問である。タイラは新しいの、半分に折ってコンパクトにできる方を手にして、振り回す動作をし、マオはタイラを信じていないので少し距離を取る。犬に噛まれたくないなら、犬に近づかないのが最良というような避け方で。

「これ地面スレスレっていうのは無理かも。だってやっぱ指の分の太さくらいは浮き出ちゃうよ、地面と一体化は無理」

と片膝ついて、空き缶くらいの細い切り株を切り始めたマオが言う。錆びていても切れる、刃はべらんべらんと揺れる、時々気を散らしながら力を入れる。

「指の太さくらいは仕方ないことにしよっか。押す時と引く時どっちかの時に切れてるんだよ、どっちの時だろう。こんなに切るなら植えなきゃいいのに、埋立地なんだから、わざわざだよね、こんなきれいに間隔空けて」

とタイラは答える、こんなことではもう未来、子どもたちは木を植えたくなくなる。天からの恵み神や仏の目も、ここには届くまいという低さになった木の前で両膝をつき、

「これは愉快犯っぽいか」

とタイラは手を止め、崩れた年輪の隙間に詰めた紙粘土を、今自分で埋めたのを掘り出す、隙間をただ塞げば良いというものでもないようだ。切って楽しく、音は耳に快いと言えばそうで、マオは作業に夢中である、自然学校で薪を斧で割ったこともあり、その時もマオはすぐにコツを掴み、斧の振り上げまでは力を使う、腰は最初に低くしても高くしても、固定してあればそう変わらない、斧の重さにどうせ腰はついてくる、後は刃を線とし

て捉えその線全てを当てるようにごく自然に、立てた薪のできるだけ真っ二つになる位置に下ろすのみ、とやっていった。腰を上下させても、腕に力を入れても声出しても意味なく、自分は本当に関係がなかった、ただ薪と斧のやり取りだとマオは思った。こちらは割れたがる薪の繊維に刃を沿わせただけで、後は弾き飛ばした斧が感じている快が腕に伝わる。言葉足らずのマオなので、手こずっている同じ班の子にそうアドバイスはできず、教師のも的外れであり、自然の家の指導員は割り上手だが説明下手で、子どもたちの体を触ってばかりの助言となったので、自分で体得した子たちだけがどんどん薪を割っていった、しかしやはり疲れで構えは崩れていった。腕と膝は力を抜いて、ものとものの接触を楽しむ感じ、と教えてあげれば良かったとマオは今なら思う、もう薪に触れる機会などそうないだろうが。あれと同じように切り株を切る作業に親しむ、外側を脱いでいくように皮剝がれ、中心がもう抜けたようなのは切りやすく、切り株になって間もないのは照りあり、年輪は湧き出る波となりこれまでの充実を語る。

「太いのはさすがにこの私でも無理かも」

とマオが振り返ると、タイラはノコギリが上手くいかなかったのかもう手放している。タイラの見極めは早い、して少しでも嫌ならもうしたくない。紙粘土で埋めるのが変なら、この丸太の続きを上に造形していけばいいのかもしれない、それも再生かもしれないというようなことをタイラは思う、切り株を見て、人が悲しい気持ちにならない状態にすればいいのだから、木を植えるも切るも人の手、眺めるのも人の目で世話のないことだ。低くした木に土をかければもう地面と一体、膨らむので山のようだ、木は一本でもどんな状態でも山なのだとマオは思う。

「丸太は何ゴミだろ」

「自然のものは大きくても置いといていいんじゃない、全部土に還るって聞くけど。食べカスとかも、窓から捨てるじゃん」

と言い合う子どもたちの目は小さく、全体として見渡すような視線は持たない、遠くまでは及ばない。しかし大きなゴミだ、いくつもここに置いておけば悪目立ちだろうから、二人は良い場所を探し団地をさまよう、草木にわざと当たりながら歩く。どこも人の目が届く気がする、大きいものを捨てるって大変だねと言い合う。

「フサ引っ越すからさ、家行ったら結構何でももらえるよ」

「何とか？」

「靴とか」

とマオが答え、いらないいらない、とタイラがはしゃぐ。靴は古びれば大きく崩れていくと知っているので、大人になるまでもらった靴が保つのかマオも心配である。フサの持ち物で、タイラが欲しそうなものは、とマオは考える、何もないか。良いと思った場所に丸太を捨て、家に持って帰るべきもの多く、二人によりノコギリは古い方が一つ、そこに忘れ去られたままとなる、後で誰か幼い子どもが拾い、それで戦いごっこなどする。ふと見ればば切り株がノコギリで削られているので、真似してやってみる、自分の力で動こうとするように刃はべらんべらんだ。近寄ってきたその子の親がノコギリを取り上げ、刃で子の体が傷ついていないか確認する、切り株の惨状を見、網目の切り込みが紙粘土で埋まったの、触れれば棘が突き刺さるだろう雑な断面、輪の崩れ、それを恥じて隠すようにかぶる土、周囲の刈り取られた草、もうめちゃくちゃ、親は団地の業者に連絡する、業者によって団地の多くの場所が、柵で立ち入り禁止とされる。

10

皿は各自家から持ってきたので色は様々、大方丸く、粉にまみれつつ並べられ、柔らかな餅がそこに落とされていく。子どもたちは二台目の、今捏ね回している家庭用餅つき機を覗き込む。釜の底のプロペラが捏ね、フサが暴れる餅の表面を濡らす、水をつけたしゃもじで撫でる。温度の差で湯気が出て昇り、高くなって消える、帯になり景色霞(かす)む。つき上がれば餅つき機の蓋が、平たく広いのでそこに出し、餅は流れ、ちぎる人の指に貼りつき、指は粘りを嫌がり払うように餅を落とし、ちぎれた部分は絞ったような形、そこをぬるま湯か粉で丸め込み、子どもたちはビニールの手袋の手触りを楽しみ、でも大きいので手袋と肌の隙間から粉は入ってき、大きい子が多く丸め、柔らかな餅は手の上で自らの重さで伸びる。餅は握られちぎられて他との境界を持つ、数を増やしていく。リユリは手のカーブ、親指と人差し指の繋がりがこんなに役立つと、微笑ましく我が手の動きを眺めながらやっている。

「そんな売り物みたいに丸じゃなくていいから。大きさも気にしないから」「でもきれいな方がいいじゃん」「上に何かかけるんだし」「ちぎったままでも、ひと撫でくらいでいいんじゃない」「髪が混ざってる、誰の誰の。黒くて長いからマオの」「もういいじゃんタイラ、黙って捨てといてよ」

とリユリが言い、マオの髪は横にいる時、束にして噛んだことは何度もあり、加減しながら噛むとシャキシャキ音がする、と思い出す。

「じゃあほら、私の髪なんならリユリにあげるよ」

とマオが餅から抜いた髪をリユリに擦りつける。餅をちぎる係はフサとリユリだけで、大きな塊は途方もない量に思え、しかしリユリは手先の器用さでやり、フサは甘味屋のパートの経験でもって手早くやる。正月は店頭で餅つきを、仕事で手の怪我などしたくないと言い合いながら杵の相手をみんなで、家事に慣れたもの同士の連携プレーでやったものだ、こんなに手触りがいいものも他にない、餅って特に美味しいところとか、部分によって違いがないから、無邪気に分け合えて楽で、これだけあれば大小も関係なくて、とフサは思う、ただ等分していく。髪の長いウルミは、心ばかりのガードとして三角巾をする、前と横の髪は出す、ウルミは髪の毛をくくった自分の顔が好きではない。ハンナが珍しく化粧した顔でいるので、

「メイクかわいいじゃーん、珍しいじゃーん」

とウルミは褒める。慣れと上達が直結するものでもないだろうが、やはり化粧にムラはあり、頬のをもう少し伸ばした方が、とウルミは手の甲で馴染ませてやる、口紅も浮いてるから、唇まで撫でてあげたいくらいだが。

「うん、写真撮るかなと思って、みんな集まるし。カンとの写真って最近のは全然ないから。撮ってね」

とハンナは答え、危なかった、ハンナは日頃から写真に写るのを嫌がるから、こう聞いていなければ全く撮らなかっただろうとウルミは思う。顔色明るく見える陽の差す場所で、体のバランスも良い角度で撮ってあげよう、二人のできるだけの笑顔で、私が男の話でも

すれば、カンは爆笑するんだからその瞬間にとウルミは思う。自分の得意なことは何でもしてあげよう、写真は光を閉じ込めるようにすると上手くいく。きな粉や餡で味つけたり海苔で巻き、子どもたちから食べ始める。前夜の雪が少し残る。溶け、形であるのをやめつつある。溝の水は低いところに集まっていく。地面に雪は少し残るが、外での飲食にもギリギリ耐えられる寒さの日で、団地のカンの部屋の、一階なのでその分広いベランダ代わりの庭、そこの扉を開けて先の広場まで、運び出してきた小机や椅子に餅が並べられている。タミキは落ちてくる葉が入らないよう机を移動させ、それで水をこぼしたりする、水は地に滲みる。水も凍れば傷もつく、割れる、でも流れる水は傷を気にしないとタミキは思う。柵が、一階の部屋に迫るように立てられており暗い。昼時なので、団地には食事のにおいが満ちている、怒鳴り声がしている部屋もある。置き去りのノコギリのせいで、立ち入り禁止の柵が増えたことはマオも噂で聞いており、ノコギリに名前など書いてなかったようで良かった、ものには何にも、名前など書くべきではない、自分のだと主張すべきでないとマオなどは思うが、タイラはこの噂を聞いても、同じ感想は持つまい、何も考えないだろう。陽は時折雲で隠れ、陰れば寒さが染み通る、タイラはタミキにまとわりつき、当然のように膝に座り、タミキも膝の上の重さを当然のこととする、腕が交差し合いマオはリユリの手から食べ、冷たい飲み物は腹を冷やすが、温かい飲み物で体をあたためるというアイデアは子どもたちにはない。熱いものを湯気を吹きながら、空気と共に適温で口に入れていくというのは大人の技だ。きな粉餅をビールと交互に口に入れるウルミを、ハンナは気持ち悪がる、タミキとタイラが横で見ている。

「ビールと合わないものなんかないよ。っていうか組み合わせは何でもオッケー、おにぎりと酎ハイとかで私はオッケー」「最高に合わない酒と食べ物の組み合わせって何」「カルーアミルクと刺身とか」「それはもうミルクが悪いよね。カルーアの原液ならいいもんね」「カシオレと刺身とか」「それは若い頃やってなかった？ってかもう刺身が悪いよね、相手を選んでる」「じゃあケーキとビールは」「合うよ、ビールは苦いからもうコーヒーだから」

とウルミに言われ、タミキは酒を飲む母親の横顔を、透明のを時間をかけて飲む、何でもどうでもいいという顔になってくるのを思い出し、自分が大人になって、初めて一口目の酒を飲む時は緊張するだろう、母親の姿が頭に現れるだろうという予感に抱かれつつおり、ハンナの化粧は動きや湯気でヨレてき、どんどん落ち、つけた後ティッシュで押さえたら長く保つのにと、やはり慣れたことしか上手くはできないのだとウルミは思う、紙は風で飛ぶ。自然の成り行きで、生命の神秘でという感じで、切り株の断面に白いきのこが浮き出ている、木に繋がれた犬はそれを舐め、フサは犬を眺め犬は人々を見返し、あの犬もうすぐ死ぬだろう、とても疲れてとフサは思い、リユリは犬と木を結ぶ紐に緩みはないか注意深く見、陽がまた顔を出し、マオは地に落としてしまった餅の一口を手で転がし、より草をまぶし、転がして歯型がなくなっていくのを眺め、リユリはマオの頬を突く、マオの頬に指は冷たく点としてある、滑らせれば点の移動。

「婚約指輪、結婚指輪とかが一番困るね、ものに意味を持たせ過ぎるのは良くないね。もらったんだから私のものではあるんだけどさ、それ以上にあれは二人のもの、と言うより、結婚のもの?結婚の持ち物。友だちなんかはおじいちゃんの形見の金を、夫のお金で加工して指輪にして、離婚した時これどうするの?って。加工代だけ夫に払って引き取ってた」

と、店長と婚約解消したウルミが言う。

「婚約指輪って本物の金とかなの?すごい、それならやっぱり私は欲しい」

とリユリは自分の手を見る。解消する前に散々話は聞いたので、ハンナはもう頷くのみ。

「今日のメイクだってさ、メイクした顔が結局オフィシャルな顔だって、自分でも思ってるんじゃんとかあるけど。とりあえず自分が今したいようにやるしかないよ。生理は仕方ないとして出産はしないよ、選べることは選ぶよ。でもこれ生理が仕方ないって思うのもさ、生理が子どもの時に来るからじゃない?小さい時なんて何でも唯々諾々じゃん。だから幼くての出産ならそれも、仕方ないことになる」

とハンナは言い、ウルミは唯々諾々というのが分からなかったが、後で調べることもしない、使わない言葉を覚えはしない。オオハルがこっちに来るので、おいで失恋少年、と二人は手招きして座らせる。二人の肌は陽で、細かな表面の粉で光っており、人との会話も自分の顔を常に見ながら話さねばならないものであったら、耐えられなかっただろうとオオハルは思う。

「でもまあ好意を持つって、終わりって思ったら終わりのもんだから」

「弟よー、付きまとうとかやめなよ本当に。相手が嫌って思ったらもう終わりだから。考え過ぎて自分の考えだけで思い出も妄想も膨らんでって、立ち止まってるだけ」

「それはしないよ、モテないからって舐めないでよ。でも思い続けるのとか、待つとか、その人のこと考えながらいるっていうのは、終われなくない？ここから先、って思ったら長いんだから、変化はあるんじゃない？端に追いやってもどうせ残ってるんだから」

とオオハルは言う、この話ならマオとした方が良いのかもしれない、話は分かってくれる人とした方が良い。子どもたちは餅を競い合うような速さで食べており危ない、餅はよく嚙み魚は骨を恐れながら嚙むということを、幼い子は知らない。危機は忘れた頃に訪ねてくるようなものなので、いつも気をつけなければならない。タイラはデパートでもらった冊子、各店のクリスマスケーキが載ったチラシを紙袋の中に入れており、それはもう読み過ぎて湿りで歪み、手に馴染む持ち物となっており、木の下でまたそれを開き眺める。デパートのケーキなので相場は高く、親に見せたが買ってもらえそうにはなかった、一晩で消えるものに六千円なんて、と母親は叫ぶように言った。クリスマスが過ぎてからの方が、心穏やかに眺められる、買えないのは時期が過ぎてしまったためであると言いきれる。もう期待を持った目で眺めなくても良い、ただケーキの美しさだけを受け止められる、自然をやけに美しいと思うのもそういうわけか、誰も手に入れるチャンスなどないものだから、海も川も穏やかに眺められるのかというようなことをタイラは考える。マオはこの前担任に、カンニングで怒られた。分からないなら横を見るというのは当然の流れというか、抗えない力で自然に首は捻られたというか、とにかくマオは、もうしないと宣言はできなかった。ウルミは肌に痛い、粗悪な布のコートの襟をかき寄せる。新しそうなタイツを選んで穿いたが、足首で弛んでいる。尖り、座るためのものではない草だったので、オオハルは場所を変える。地面に腰を下ろすのは難しい、煤か灰のような砂地では服につく、冬は柔らかい草が少ない。

「娘との同居はどう?」

とハンナが聞けば、

「好き嫌いも別にないから、私」

と、フサは俯いて言う。何にも文句を言わないのが一番の美徳だと、不幸もこれで来ないと信じている、身内の恥は自分の恥とするフサなので、おもしろ失敗エピソードなど出てくるわけもないがとハンナは思う。未来に絶望させぬようにと気遣うのか、フサは子どもの前で弱音を吐かない。横にリユリもいるからだろうか、私もまだ子どもだろうかとハンナは考える。リユリはフサの手作りの巾着袋を携えており、二つあったのでマオとお揃いでもらった、マオと同じというだけでこんなに価値がある。

「私もう、団地の立ち退き反対、あんま頑張ってないよ。カンもこだわってないし、ここは自分が死ぬまではあるだろうって、安心しちゃってるし」

「そう言いながらも、ハンナなら、ねえ」

とフサが答え、母親代わりのつもりで、期待が子どもを成長させると信じているのだ、小学生の時の絵のコンクールでもらった市長賞も、次は県知事賞ね、などとフサだけが言って、とハンナは思い出す、次の目標を示すのが、年長者の役目とでも思っているのだ。フサの髪は風になびかない、塊としてあるので。若さを羨んでいると思われれば癪だが、若いお前は何も持っておらず知らないと指摘したいわけではない、自身のただの積み重ねを誇るのも良くないだろうというようなことをフサは思い、ハンナへの助言は控える、団地に住んでいなければ、団地の反対運動は関係ない。子どもたちは今のことを考えるので忙しい、フサは昔の、我が子たちがまだいる時の餅つきを思い出し、記憶を整えるのに一生懸命だ、見ているものが違うのだ。子どもたちがカンに集まる、餅の皿を持っていく、カンはベッドに寝たままだが、窓を開けてスタンバイしている。ベッドの手すりに、握りやすさのために巻かれたタオルはすぐ汚れる。自分の胸を大切なものであるかのようにずっと撫でている、カンは厳しい顔、一口飲むたび一言言うたび苦しそうな顔をする。

「小さくって言われたからね」

とリユリが餅を、キッチンバサミで切る。

「そんなに小さいんじゃ、米粒に戻っちゃうみたいじゃねえか」

とカンは、そのポロポロのを口に運ぶ、唸りながら食べている。歯は揺れ目は濁り、体も小物から弱っていくのだとリユリは見ている。昔は熱いまま躍るように食べたがとカンは思う、熱いものを熱いうちに、思いのままに。カンの枕もとの棚をタミキは開ける、虫でも湧いてきそうな古い紙や写真の束がある。紙っていうのはこうして腐るし、やっぱりこれからはペーパーレスだと、でも思い出をこうして腐るまで持っておけるというのは一つの達成で、というようなことをタミキは思う。写真を見返しては、頭の中で妻や親や祖父母と辿っていき、みんな死んできたのだとカンはいつも不思議がる。涙のひだで目は見えず、表面波打っちゃって、とハンナはカンを前にすれば思い、カンはもう何でも朧（おぼろ）に見える目なので、ハンナが涙目でいてもそれに毎回は気づかない。私が顔を歪ませればそれは笑顔だと、カンの目には見えていればいいとハンナは願っているが、もちろんそんなことはない。カンはずっと手に持つハンカチやキッチンペーパーで、絶えず滲む目脂や水分を拭っているが、それにはそんな孫を不憫に思っての涙も、もちろん含まれる。手に力なく落として失くすので、最近はキッチンペーパーの時が多い。体の表面はこんなに乾いており、しかし目や口から水は溢れて出てくるのがカンには不思議だ、不思議は不思議のままで死んでいくのだという予感、終わりかけでも、まだ予感というものがあるのだという不思議、とカンは自分の頭だけで考えている。色鮮やかなのがくすんだ色のカンの袖に、誰かの抜け毛が絡まっているので、タミキはそのまとわりつくのを手繰り寄せて取ってやる、まあハンナのだろう。タイラは一筋の透明の糸に、下がっている蜘蛛を見つける、そのままにしておく、どうしようもなくこういう細かいものに気づいてしまう自分の目を、撫でるように擦る。カンは恐竜のフィギュアをまた手に取る。タイラがくれたそのスピノサウルスのヒレは、昔海で釣り上げた魚を、短く曲がる前足は昔飼っていた犬の爪をカンに思い出させる。ハンナが来て問う。

「タイラの恐竜、カンにあげちゃって良かったの？」

「飽きたからあげたの」

とタイラが答える、この子がそう言うなら、本当にそうなんだろう。カンの少しの快、それ以上をハンナは今望んではいない。フサはカンの硬い手を揉む、新しいので靴擦れのする運動靴を、息子のために玄関で揉み続けた、その粘り強さで揉む。最近どの動作でも痛い痛いと言うカンの指を、

「じゃあ目を瞑って、何指で触ってるか当ててね」

と言いながらフサは一本ずつで揉んでいく、カンは笑い、ゲームは意外な盛り上がりを見せる。何でも、思い詰めちゃダメね、とはフサの言。眩しさに弱い目も、もう色付きのメガネで守ってやらなくても良い、太陽を直に見たって良い、体はもう使いきって良いのだ、とカンは思う、手は揉まれてもちろん痛いが。時間が経ち、フサは子どもたちに持ち帰らせようと、餅を包み出す。表面はもう固まり出しているので、いくつも入れても袋の中でもう一体とはならない。餅は全て袋に入り、ビニールの中は粉で煙り、みんなの腰が座った場所から浮き出す時間となる。餅を手に、

「お酒のお供に母さんにあげよう」

とタイラは言い、

「もっと飲ませてどうすんだよ、死んじゃうよ」

とタミキが注意する。リユリとマオは洗った後の水を、乾いた砂に撒き絵を描く。ウルミは洗い物を一旦終えて、写真印刷の安いアプリを開き、注文する写真を見定めている、ハンナとカンのツーショットは全て現像しよう、私も一枚もらおう、どうせ部屋に紛れていつか失くすだろうけどと考えている。

「餅つきの横で焚き火でもできたらいいんだけど、昔ならできただろうね」

とフサが言い、

「今そんなんしたら、また柵立てられちゃうよ。うちのベランダのすぐ前とかまで」

「あれって、僕のノコギリで、柵立っちゃったの?」

「タイラなの?あれ」

「マオとだけど、まあ僕が考え出した。ハンナ知らなかったの?オオハルは知ってたよ」

というハンナとタイラの会話がある。沈黙が馴染んできた頃、タイラが理由を話し出す、大きな話をすればする方は夢中だ、子どもは大きなことを言う、子ども同士の会話なら、虚言を披露し合っているようにも聞こえる。子どもだから、自分がその時信じきっているものが真だと思いたがるのだ、良かれと思ってやったのだろうが、あまりの無策だとハンナは思う。タイラの顔から、正義は我にありと聞こえるようで、聞くだけ聞いたと思い、ハンナは話を打ちきる、良識的な範囲がみんな違うというだけだ。責められている感もあり、自分がしたことしていないことの境も、タイラには分からなくなってくる。ハンナはオオハルを捕まえに行く。切り株の周りの土など掘れば、埋立地はよりバランスを崩すのではないか、住民の落ち度とされ、それで立ち入り禁止の場所が増え、などということを想像できないのか、長く広い視野で見通すことなど子どもには無理か。しかしオオハルは、聞いていたなら何か手を打てただろうと、ハンナは憤る。

「ああやって柵がどんどん増えていくんだよ、業者に弱み見せたら、入れない場所が増えるだけだよ。別に子どもたちのせいとは言わないけどさ、オオハル何で止めなかったの、知ってたんなら。子どもに教えられないなら、大人である意味なくない?団地が柵に囲まれる日だって近いよ、立てられた柵って、これからもう当然のようにあって、立ったのを覆すのって本当に難しいんだよ。守る方はいつも気を張ってなきゃいけないんだって。攻守なら守の方が大変なんだって」

「そんなん言うなら、全部知ってたいなら、毎日団地パトロールでもすればいいじゃん。俺が知ってたって言っても、何をどうしてるか分かんなかったし。俺だけ責められるの?」

「私がパトロールして、私がまた署名集めればいいわけ?柵撤去のを?印刷して、プリンターもないから、自費でコンビニとかでやってるんですけど。書いてくれる人も少なくて、何枚刷るかいつも悩むんですけど」

と話しているのを、フサが間に入って止める。

「みんなでまた考えましょう」

とフサは言い、その一旦脇に置いておいて、それで時の経過による熟成、解決を待つような、結局最初の結論に行き着いて、でもいっぱいみんなで考えたもんね、と慰め合うだけのような、そういう構え方はハンナには耐えられない。落ち着くため額を擦れば、化粧が手につく。遠くで聞いていたタイラが駆け出すので、タミキが追う、ここから離れたいがためかオオハルも二人を追いかける。フサはハンナの肩を撫でてから片付けに戻る、こうやって人々も雲散霧消だとハンナは眺める。恐らくタイラは謝ってくるだろう、それをしないという子でもない、謝られて初めて、許すことを考え出すようなものだが、謝られればいつかは許さねばならないという雰囲気なのだから、される側は弱い立場だ。した方はまず考えなしにやってしまって、受け入れてくれますか?受け入れない?じゃあ、ごめん、謝罪くらいは受け入れてくれますよね?という顔をしていれば良いのだから、どうせされたことはもう戻らず終い、風化はするが残り、のままで何でもやっていくのだ。まあ私が持ち主でもないんだから謝らせるのも元々変なんだけど、でも団地のために活動して、力が入り情が移り欲が出てとなって、何にも思い入れなど持つべきではない。全て横目で流し見、手は隙間を空けながら、元から力まずいるので全てこぼれ落ちていくもので、と涼しい顔をしているのが賢いのだろうか。何も持たず握らずが得策か、とハンナは考えてみる。柵は増えて、団地を覆っていくだろう、その頃カンがいなければ自分は身軽で、どこへでも飛んでいけるだろう。諦めの気持ちが包む、フサがやるように、私のような下の世代に期待を託し、というようなことは私はしない、マオに団地を守れとは言わない、でもじゃあ良き時を持てた、餅つきもしたね、あのあそこで繋がった瞬間瞬間の積み重ねだけが、私たちの持ち物なんだ、何でも無形だと言いきるつもりもない。どっちつかずの、手はものを掴みたいんだかそうでないのか、一応すくえる形にはしているが指同士、隙間があるのは仕方ない、という姿勢でいて取り落とす手でおり、変化のないものなどないと分かっている頭は、しかし思い出が欠けていくのを嫌い、というのをやっていくしかないんだろうとハンナは思う。自分も何と無責任で考えなし、とハンナは数日前から体調が悪く、それもあり怒りに頭を掻きむしる。今生理中だから、どれが生理の痛み抜きの、心身の不調なのか分からない、また生理なんかに目隠しされてという憤りがある。我が身一つに降りかかっていることではないが、それだけでは納得に達しない。タイラをタミキとオオハルが追う、壁一面の、針金で作られた大きな星形、タイルで壁に描かれた魚、静かに時を待つ冬の花壇、昔は動物が出てきて鳴った壁時計、掃除機テント中にパンツの丸まったジーンズ、様々なものがもう立ち入り禁止の柵の中に捨てられている、それらを通り過ぎていく、どこまで行っても彼らに何か待ち受けている。タミキは気楽に構えている、弟なので兄より体力は続かないだろう。

「タイラ、そのまま海の方に」

とタミキが声を掛ける。かるたで気に入りの札が取れると、タイラは上へ上へと昇っていくような身震いをする、その躍り上がる弟の姿を思い浮かべる。そういうのを思い出していないと、弟のせいで餅つきの雰囲気も台無し、という気持ちを抑えられなくなりそうなので。オオハルは海で子どもたちに何を諭せば良いかを考え出す、教師などは大変だろう、いつでも同じようなことを、違う切り口角度始め方で教え続けているんだろう。マオは餅の袋を握り、早々にハンナに謝りに行く、謝ることに頓着しない。謝っても自分からは何一つ減らない、謝るのが下手な人のことは見ていられない、何を守っているのかと、パパママには謝り過ぎて、唱えても唱えてももう効力のない呪文のようになってはいるが、というようなことをマオは考える。餅はママに渡すときっと冷凍庫に長く入れられ、それだと冷凍庫の風味がしちゃうんだよなと、餅を袋越しに包み込み思う。夕方にもう自分で食べてしまうか、さっきまで豊富にありみんなで分けた、様々な味付けを思い出す、餅に合う味のものなど家にあったか、醬油でいいのか。残っていた少しの雪は崩れ形なく、昼の陽で消滅を果たす。

11

子どもたちはいつでも誰かが、カンのベッドの周りを囲む、寒いので、集まって遊んでもいい室内があるならどこにでも集まる。今はリユリとタミキが床に寝転び宿題をしており、寝ているカンが詰まったような息の音を出せば、こまめに寝顔を確認する。カンの目の端にはもう守るまつ毛などなく、瞼は貝のごとく閉じる、引っ込んだ目は、閉じれば森でも谷でもなく線のみだとタミキは思う、顔とはこんなに、線が引かれているだけなんだ。開いた口は暗く奥へと続く、年老いた顔はもっと幼い頃に間近で見れば、恐ろしいようだっただろう、開きがあり遠過ぎるものには近寄れない。リユリも、カンの肌の皺や弛みの細部まで興味深く眺める、でも頬などは突っ張り光っている、それは同じ肌の上で両立するのだ、赤ちゃんの肌などは一面均一で。リユリは自分の毛の剃り残し、手の辺り、手首の端には丸く飛び出た骨があり、ここがいつも上手く剃れないんだよなと思いながら撫でる。

「ミイラってどう作るんだろう」

「それ、カンを見て思ったなら失礼だよ」

「いや、カンを見てじゃないよ」

とリユリは笑って言い、タミキは信じていない。

「たぶん内臓は全部出すんじゃない。剝製みたいな」

「獣の剝製は毛皮めくってだから、作りやすそうでいいもんね、継ぎはぎも隠れる。結局どれもシルエットを残しておきたいってことか。脳も出すのかな、そしたら復活した時に、その人らしさがなくて困るね」

「あれって復活させたいのかな。そういう気持ちでやってたかな」

とタミキは、人体の話などは苦手で、理科のその単元の授業中、貧血を起こしたこともあるのでもうやめておく。自分の中に巡る血、脈打ちに耳など澄ませ、なぜ動いているのか深く考え始めるとタミキは吐きそうになる、歯の抜けた跡も傷跡も見られない。

「ミイラの話ってあいつが言ってた？担任？」

「あいつって。リユリは大人をバカにし過ぎじゃない？頭良いから？自分に跳ね返ってくるよ」

「頭関係ないよ。子どもに対して、もう大人は充分バカにしてくる、侮ってくるんだから、いつでも後手なんだから、こっちが。あいつさ、背低いの気にしてるからか男子には、自分と話す時に屈ませるじゃん、運動部みたいな、がに股で膝曲げて手は膝の上みたいな、返事も大声でみたいな。何になりたかったんだよって。監督?男子もヘラヘラしてるけど嫌でしょ、文句言ったら負けってことないからね?」

とリユリは言い、頭の良いリユリでも大人にバカにされてる気にはなるのか、と思うとタミキは味方が頼もしいというか、溜飲も下がるような気がする。リユリも自分と同じようにテストで、空欄が耐え難いので適当な数字で埋めとか、求める角度を計算できないから目視で測りとか、ぼんやりとしか思い浮かばない漢字をありそうな形で描き出しとかをやっているのだろうか、それならいいがとタミキは思う。リユリは足も速い、前に褒めると、でもどうせこれから男子の方が速くなるんでしょ、体的にと答えられ、そう決まっているのは悔しいだろう、決めつけられるこちらも悔しいが。カンの部屋は昼からの陽が上手く当たる、この前行った喫茶室もこういう明るさだったとタミキは思う。

「病院の喫茶室で昼食べない?奢るから、安いからさ」

とオオハルに誘われタミキは連れられて行った、そこで働く好きな人を見るためだろうとタミキはすぐ合点した。秘密や規律を守る人物だと信用を得ていれば、こういう良いことも起こるのだと実感した。タミキは洋風のワンプレート、オオハルは八宝菜みたいなのを頼んだ。レジの横の席でオオハルは窓を背にして座り、テレビの方をぼんやりと眺めていた。タミキは窓を覆うカーテンのひだを数え、動物園のワラビーがもういなくなっていて檻の中、死んだワラビーの写真が大きく引き伸ばされ、看板のように立てられていた話をし、ここで死を連想させる話は良くなかったかと周りを見た。死や健康と無関係の話題というのも難しいと思いつつ、では見えるものだけをと、机上のテイクアウトメニューの写真を、選ぶならどれ選ぶ、とオオハルに見せて尋ねて時間を過ごした。

「どっれでもいいな、ほんとに」

とオオハルは眺め、確かに弁当の焼き魚やフライなんかはどれも見分けがつかず微差、でもメニューというのは見ていて飽きない、もしどれかフライを選んでカレーにのせるなら、千二百円でデザートまで食べるなら、など計算して考え甲斐がある。オオハルは周りを見つつゆっくり食べ、タミキは早く食べるのがかっこいいと思っているので早く食べた。レジで会計の時オオハルは店員に、

「あの若い店員さんって辞めたんですか、あの猫のペンの、そのレジの横の引き出しに、付箋貼ってた人なんですけど。ちょっと仲良くて」

と尋ねた。

「その子はもう辞めました。遠ーくに行きました」

と店員は答えて、オオハルを上から下まで、台があるので上半身だけとなったが眺めた。

オオハルは後ろの棚に目を走らせ見落としはないか確かめ、目的のものは見つけられなかったのだろう、黙ってお金を札で払った。ごちそうさま、とタミキはくり返し、俺がいて役に立った？と問いたかったが、そう尋ねればきっと、いるだけで役に立ったよ、タミキは人のためになったかどうかを考え過ぎだよとでも、オオハルは答えるだろう、褒められたくて何か問うなんて欲しがり過ぎだと、思ってタミキは尋ねなかった。

「ああ言われちゃうと、もう楽かも」

とオオハルは決して安楽ではない様子で言い、

「でも失恋って、その恋してた期間の二倍の期間が過ぎたらもう全然、楽になるらしいよ」

と、タミキはオオハルのためにこの前調べた知識を披露したが、

「恋してる期間が延びつつある」

と答えられ、そうなるとどうしようもなかった、それをリユリに話す。それは逃げられましたね、と推理を披露するのはリユリはやめておく。誰もが分かっていることは、自分が言うまでもない。リユリはそのお返しにとばかりに、マオの話をし出す、恋には恋の話で返す。

「高校生の家に連れ込まれそうになってるんだよね。歌聞かせたいんだって、家で、たぶ

んお互いの口に紙コップ当てて。紙コップは音漏れ防止らしい」

とマオは言い、

「どういうこと、ホラーなんだけど。通すでしょ声、紙コップ。うちテレビに繋げるマイクあるよ、ユーチューブでカラオケできるよ。じゃあ、高校生も一緒に二人でうち来たらいいじゃん」

とリユリは誘い、その日になり、二人で待ち合わせ場所で待ったが、高校生は来なかった。こういうのには来ないと思った、臆病だと思った、とリユリは自分の審美眼に満足した、二人でテレビでカラオケした。

「これ言った時あの人ちょっと怒ってたかも。マオちゃんと俺のプライベートなことなのに、友だちに言ってたんだみたいな。言ったよーって、全部言ってるよーって。そしたら焦ってた、キスはされたけど」

「プライベートで、プラトニックで？」

「プ、プ。プラスチックで？」

「いや、何もプラスチックじゃないだろ。紙コップだろ」

とリユリは言い、カーペットを叩く手に力は入ってしまったが、ものに当たっていると言えるほどの強さでもないだろう。

「そういうの後出しで言うのやめてくんない？」

「キスされる前に予想で、先に言えってこと？」

とマオは答え、リユリは黙って自分の太ももを直に撫で、その手触りの良いもので、床を叩きたい気持ちをなだめた。裏切りだ嘘だ不義理だと喚いても、じゃあ終わったことを今からどうできるの、という顔で見返されるだけだろう。どういうキスだったか、場所や強さその時の気持ちなど知りたくはあるが、問うても満足から程遠いマオの説明だろう、何でもマオの身になって感じてみたいものだ、自分ならもっと、上手く言葉にもできるだろうとリユリは思った。マオになって過ごす日々というのも、それは大変そうだが。

「今日高校生が来てたら、目の前でキスしてもらったのに」

とリユリはからかった、マオは首を傾げた、頷きの動作にも見えた。頷いてくれるな、もう一切何もしてくれるなとリユリは思った。その話を、高校生とキスしたらしいという、ただ動かしようのない部分だけをタミキに教える。

「マオって保育園の時もさ、物陰で誰かとキスしてたもんね。おもちゃ取りに行って廊下から帰ってこないでさ。それで怒られてた気するな、先生に。リユリは幼稚園だったから同じじゃなかったか。幼稚園ってやっぱさ、字とか数字とか早くから教えてくれんの？だから勉強できるの？」

「字なんかは、誰かに絵本読んでもらえばそれで覚えたくなったでしょ」

とリユリは苛立ちながら、今は字なんかでなくキスの話だろう、頭の良さなど人の心と違って、自分で何とかできるんだから、こう論じてるその間にも本を自分で読めばいいだけの話、と思いつつ答える。

「うちの父さん母さん、絵本読んでくれなかったからか」

とタミキは、あくまで何か誰かのせいにしたい。

「どういう子とキスしてたわけ」

「えー、無差別って感じだったけど。まあ毎回マオからするってこともないんじゃない？マオにそういう強い意思はないでしょ、お付き合いじゃない」

「タミキはしてないでしょうね」

とリユリは言い、何で私とはしないわけ、とこれは聞かないでおく、タミキなんかに聞いても何も分からないだろう。私にもキスの順番くらいは回ってくるかもしれない、無差別なのだからと、リユリは気にしないようにする。これでマオの唇が嫌になったわけではない、唇の皮なんてぽろぽろ剝けていくものだし、高校生のが擦りつけられたからと言って、何かのり移るわけではないと言い聞かす。タミキにその話を聞けて良かった、知らないというのは恥ずかしいことだ、無知から何も良いことは生まれない、保育園の頃の延長で、物陰でキスしてしまっただけだ、子どもなのだ、というようなことをリユリは考える。してないしてない、と首を横に振りつつ、タミキは算数の宿題の冊子をやっている。手が止まっているのを見、リユリは横から教えてやる、当てはめるだけなのに何で分からないんだろう、当てはめ方が分からないのか、と見ている。分からないならどれでもどこでも当てはめていって、どんどんやっていって変なら替えて、答えが気持ち良く出たのが正解なのだから、自分は何でもいつかは正解に行き着くような気がしている、傲慢だろうか、というようなことをリユリは思う。

「親がやってくれなかったから自分はできないんだとかさ、そう考えるのやめた方がいいよ」

とリユリは腹立っているついでに言う。

「リユリは、自分で全部できるって、できないのは努力が足りないからって、人にまで思わない方がいいよ。自分で自分でってさ、じゃあカンに自分で歩けって、マオに親を自分でどうにかしろって、タイラに自分で普通になれって、思ってるわけじゃないよね?そりゃ俺は、これから自分で問題を解かなきゃいけないわけだけど」

「まあ、じゃあ問題解きなよ」

「海が見てえな。今日調子いいんだよ」

と寝ていたカンが動き、ベッドの背もたれを立ち上げる、タミキとリユリは顔を見合わす、大人に聞かれて嫌なことは言っただろうか、大人に聞かれるなんてどの話でも嫌とも言えるが。体の向きを変えさせ尻を浮き上がらせ車椅子にのせる、という動きを想像しその途方のなさを思う、大人にしかできなくないか、上体が起きているからまだマシか。タミキはまだ荒ぶる心でいるので、リユリと共同で何かできるか心配ではある。以前なら、子どもたちを困らすリクエストなどしたことはなかったがカンとしてはこの、頭のクリアな瞬間を逃す手はない。ハンナはまだ帰ってこないだろう、しかし病人のリクエストにはできるだけ応えたいものだと二人は思い、できるところまでやってみようとなる。ハンナがやっているようにとイメージしながらするが、いつもカンばかり眺めてて、ハンナの補助の手など何一つ見ていなかったのだ、介助者の体は何と透明だというようなことをリユリは思い、しかしカンの調子は良いため体もまあ動き、レンタルしている車椅子に何とか座れる。洗って縮んだカンの帽子を壁の引っ掛けるところから取る、後は外出の装備は何だろう、と考えるもタミキの頭で昔のカンの姿は霞む。

「薄い色のメガネがあったよね?」

「あれはもういいんだよ」

「いつも庭側から出てるよね、段少ないもんね」

とタミキはリユリに確認し、一緒にいたのがリユリで良かった、もし弟とだったら判断や責任は全て自分に降りかかっていただろうと思う。自分のせいで人の家に空き巣が入るというのを恐れ、リユリは鍵を厳しく確認する、ガスも見る、枕もとにあった水筒を持つ、カンとタミキをベランダから出し、自分は玄関から出て締める。車椅子は土を削り進む、少しの段差でつんのめりそうになる、足置きからはみ出すカンの足先が、ぶつかれば靴下だけの足は危ない、骨は折れる可能性もあるのだと何かに当たってから思い出す。劣化したプラスチックの樽に一杯のホース、そこに雨水溜まり、浮く葉は風もなく微動だにせず、全ての天気にさらされてきた壁、花壇を通り過ぎ、積み上げられた石の段には崩落の予感あり。広場に草花が少ないのは、人の手の入らない枯れ野なのかただ季節のせいかとカンは訝る、細かくは見えない、ただぼんやりと茶色い。菜の花は強いのか多く咲いている、レンガが隆起しており車椅子は行きにくい、かといって道を外れれば雨上がりで泥だ。カンも若い頃はここを、一車輪の手押し車など押して歩いたものだ、バランスを取る力は恐ろしいほどあったのだ。油膜みたいなのが張りそれで光り、何と音のない池、風薫る日だ、春も近い。

「あっちの海はスロープあるよね?砂浜は下りれない方、柵ある方」

と海に詳しいタミキが導く、スロープを登り、手すりは石で冷たい。この高い一段がね、

と立ち止まり、座るカンと同じくらいの背にしゃがんでみて、海の頭くらいはここからでも見え、ここまででもいい?と問えば、

「まあ仕方ねえよなあ」

とカンは答え、海の香だけでも良しとしてもらおう、無理して段を上げて、体が前に倒れでもしたらと二人も思うので、海と空の境、輝いて何も見えないような部分、無の部分を眺める。大きさからすると高校生の、四人組が海の方から近寄ってき、

「もっと柵の前まで行かないの?そっから見えんの?」

と問うてくる。タミキは黙るので、

「ああ、段が無理で。車椅子が」

とリユリが答える。

「段上げましょうか」「結構軽いっすね」「海いいっすよね」

とカンに話しかけ、高校生たちは車椅子の四隅を持ち上げる。ふざけて神輿(みこし)みたいに担がれたらどうしようとタミキは思ったが、段の地と壁に沿わせて上げ無事着地する。カンは頷いて、いつも手に握るキッチンペーパーでまた目もとなど押さえている。カンがありがとうとでも言えばこの場が締まるのに、とタミキは思うが、高校生たちは特に何のきっかけも必要とせず、塊になってさっきいたところに戻る。カンは薄目で海を眺める、柵は無

視する、眩しさのためか、人のためという行動にひどく心動かされる自分であるからか、涙はどんどん出てきて目が曇るようだ、ただのいつもの生理現象だろうか。老いてからは涙も言うことを聞かない、若い頃なら意志の力で堰き止められもしたが、溢れないよう上を向けば、瞼や目玉が吸収していったようなものだが。海の前の柵は邪魔だ、視界に入らないよう隙間に目を入れて避けて、柵にしがみついて見たいものだとカンは思う、カンの目はずっと眩んでいる。リユリは二人よりも、海を見ていてずっと飽きないというわけでもない、何事も飽きる。リユリは今朝父親とした言い争いを思い出す。家でのこと一つで心が塞がれるのだから、心は何と細く狭い。どうか嫌いにならせないでほしい、努力してほしい、こちらは親など嫌になるんだから。朝に家で起こったことは出先でも自分にまとわりつき、刺繍のように全体覆い、でも糸を抜けばすぐ失せる程度の、家に帰って謝り合えば収まるが残り、縫い跡は穴開き、縫った後の糸などはよじれて使いにくく頼りない、まあこういうのは気の持ちようなので、自分で何とかできることの範疇ではある、私だって何もかも自分次第であり、誰もが自分で辿り着くべきだと、考えているわけではない、というようなことをリユリは思う。父親の意向を汲めば日曜はまた、おじいちゃんの家の近くの、恐ろしいほど遊具が多くある公園に行くだろう、勢いを失くした習慣、ただ習慣であるというだけで残っている。大人たちに見守られているだけで子ども一人で、長時間どう遊べと言うんだろう、小さい時この筒にいると思ってたら、リユリは脱走して自分から迷子になろうとしてて、という笑い話に、いつまで付き合うんだろう。タミキはこの前、弟と部屋を分けた。今までの子ども用の寝室一部屋遊び部屋一部屋から、完全にそれぞれの一部屋に分離した。弟は乗り気で兄はそうでもなく、ベッドも離れ起き抜けには兄弟で起こし合い、笑顔で朝を喜び合い互いの昼を鼓舞し合い二人で夜へと入っていき、というのももうできず、一日を一人で始めて終えることにまだ慣れない、兄の方が、後ろの弟を気にしつつ進んできたから、過去を振り返る習慣がついているのか。怖がりでもあるので不便である、怖がりじゃない人っていうのは、想像力が貧しいんじゃないか、ここから何か来るかもしれない、揺れるかも落ちるかも死ぬかもと考えないだけ、考えなしなだけじゃないかとタミキは思う、怖いことには、弟と二人で立ち向かっていきたいものだ。こうして立ち止まって思い出していると、暗い考えばかりが顔を出す、カンは寝転んで、いつも何を考えているのだろう、暗くなってこない？とタミキはカンに聞きたいところだが、そうか？と何にも頓着しないような顔で返されるだろう、カンだって昔は何でも気にする性格だったのに、ズルいとタミキは思う、人生が絵巻物だとして、博物館で見たあんなのだとして、読んでいく内に読み終えたのを手繰り寄せる右手はどんどん重くなり、前に戻って見直せず支えるので手一杯で、持ち方など気にしていられなくなるのか、自分はまだ右手は軽く余裕あり、摑んでる紙もまだ皺なく、というようなことを。カンはここがまだ栄えた憩いの場だった頃を、広い芝生で弁当でも広げ、フェンスもまだなく地続きにあちらに海が広がり、というのを思い出しながら、今ここで一人なら、気ままに海辺を行きつ戻りつするのだがと夢想する。春めいてくると海は臭い、妻と歩けば草花のことは全部指差して教えてもらえた、なので自分は覚えなくてもいいと思い聞き流した、知識くらいはきちんと頭に残すべきだった、しかし知識なんていうのも、こういう土壇場ではもう忘れていくものなんだから、何でも何と朧で。自分の直近の入院よりも、大昔の妻の入院生活の方が記憶に新しいようなのは不思議なことだ。ベッド脇のゴミ箱の中身、手術の書類を読み込む背に当たる陽、大部屋で横のベッドだった人の泣き声まで覚えている、病室に飾る切り花を買っていこうとして、この花は長く保ちますよと包みながら言われ、全てが嫌になり買わなかったことも。

「草木花ってのも、人が植えたやつは人の手がなきゃ、人の目に良いようにはならないもんで。森だって管理に金がかかるんだから。タイラのやり方ってのも、だから元からなかったことにする、ってのは極論だよな。極端になって、良いことなんかはないわけで。真ん中にいてその時々でちょっとブレながら行く、でもバランスは取れてる、ってくらいしかできねえわけで」

「カン、タイラのノコギリのやつ知ってたの? 俺も、ヒントは出されてたようなもんだけど、仲間に引き入れられそうだったけど、本当にやるとは思ってなかったけど」

「そういうのはやめとけって言ったんだけどな。言って止めたと思ってたんだけどなあ。相手が体で行くんだから、こっちも体使わなきゃ止めれねえな、何でも体で堰き止めてたんだな。でも俺ももっといいやり方も、もう考えらんないだろ、外出て一緒にやってやることもできなかったしなあ」

とカンは、子どもたちから見れば無頓着な様子、もう後悔などは、広く見れば何でもないのだという様子でいる。リユリもタミキも団地に住んでいる子たちではないので、それはずっと、団地はあった方がいいけど、くらいにぼんやり考えている。

「海いいね」

とタミキはカンに言う、このままでは海の前でカンが最後に言った台詞は、もう一緒にやってやることもできない、になってしまうと気づいたためである。

「いい」

と細い声でカンは相槌を打つ、調子の良い時間は過ぎ去り、早く寝転びたがっている。座る寝る時困るほど骨張る尻だ、自分のなどあまり見たことはないが、丸みのない男の四角い尻だろう。すぐに暗転する体調なので、カンの首はきつい襟巻きをされたように苦しくなってくる。こちらの岸はコンクリートで、あちらの砂浜の方は砕けた貝殻でできあがっている浜で、あんなに殻があり、では死んでいった貝はどこへ、とカンは思い浮かべる。これから帰って寝て、夜も度々起き、俺はポータブルのトイレに、ベッドから尻をスライドさせて、ハンナがその物音を聞いてやって来て少し喋り、ハンナが濡れタオルで手を拭いてくれ、それはハンナが余裕のある時ならあたたかく、ない時なら冷たいタオルで、俺は礼を言いハンナも礼を言って、ハンナの湿る声、タオルは撫で終える頃にはどうせ冷えてくるんだから、俺は別に最初から水のタオルでもいいんだ。長く寝られたならその余韻を振り返り楽しみ、短い細切れの睡眠しか与えられなければ、頭をその浅い眠りの池に浸しながら夜明けを待つでもなく待ち、明るくなってくれば冬の早朝の光の何と弱い、もう夏の強い光は見られまい、と思うなどするだろう。高校生たちはチラチラとこっちを見ている、たぶん帰りも手伝おうと気にしてくれている、しかしそう見られていると、タミキの心は急いてしまう、人を待たせるのに向いていない、海など早く見終えてくれと、カンに向けて思ってしまう。何かをただ見つめていると尿意が来るなと思いながら、カンにストローで水を飲ませ、むせるので背を撫で、自分の飲ませた水で死にでもしたら嫌だなとリユリは思う、呼吸でも乱れればどうしよう、自分が共にいる時にそれを引き当ててしまえば。段を下りる時は車椅子は後ろ向きで、たぶんハンナがこうやっていたと思うので、二人はゆっくりと補助をしながら一段下ろす、勢いで前に体ががくんとなったが、角度に助けられる。ふと高校生たちの方を見ると、こちらに向けて指でグッドグッドとやっている、こちらもグッドとする、強張るカンの指は動かしてその形にはならない、ただ頷く、充分伝わる。

12

果てしなく朝は遅れて来るようだ、努力で早まるわけではない。カンはそのままゆすいで飲むためのお茶を口に含む、朝という区切りを待ち受ける。日々に摑まり、自分で自分を誤魔化している、寝ても痛いので休み足りない。旅の途中なので色々諦めるというような、ベッドの寝にくさも風呂場の使いにくさも慣れぬ場所なので仕方ない、旅の思い出にと買っても持ちきれないのでもう買わない、というような日々になってくる。帰るべきところ他にあるような、ここが親しみのない土地であるような、体はいつも横たわり揺れる動きの一葉の舟。幼い頃折ったことのある指が痛む、これは貧しさにより治りきらなかったのだと思い出す、手で殴り足で蹴りの記憶も薄れ、時代に殴らされ蹴らされていたのだとまでは言わないが。この前子どもたちと海に行った時は寒かった、外に出慣れていないとちょうど合った服が分からない、自分が暑さ寒さにどれくらい耐えられるかを忘れている。父親は息をするように小言を言う人だった、俺がそう念じたからでもないだろうが、晩年はすっかり無口になった、俺という息子の前ではずっと黙っていた。幼い頃から俺が何をできるようになっても、まあ親と子など互いに厳しい目で、見つめ合ってるんだか、決して見つめ合いにならぬよう絶えず窺いながら目を逸らし合ってるんだかの間柄だが、褒めない褒めない。相手を尊敬することなく、こちらが評価していくという姿勢を崩さぬ父親だった、親には子の中身などは見えないもので、子にも親は見えていないがとカンは思い出す。娘と孫の誕生の感動というのも、忘れ得ぬものだ、仕事をしていたら娘は気がつけば生まれていた、娘が出産する時はなぜか分娩室に俺も入れられ、生む娘は無防備な格好、しかし最大限攻防していこうという顔、娘の体が最も見えにくいような椅子に陣取り、頭ばかりを見ていた、非常時で最も変わらない部分が頭だった。逆立ちうねり回る髪の毛ばかり眺め、妻の頼もしい毛量を思い出し、みんなで霧の中前進後退くり返しという感じで、娘の付き添いは俺だけだったが、でも俺が終始手を触っているというのも変だし、娘の手は分娩台の取っ手を、この手を離せば下に落ちていくのだという雰囲気で強く握っていたから、俺は時々祭りのように、掛け声を投げかけるだけだった、俺には持つ取っ手はなかったから、拳の中に血が滲んだ。手に傷があると危ないですと言われ、生まれたばかりの孫には触れなかった、あんなに小さかった、贅肉つかずすっきりとしたものが生まれてきた。日没だけが、確かな一日の切れ目だ。子どもの頃遊んだ田畑、捕まえた生き物は数知れず、でも考えれば人の手に捕まるようなのは弱っているのが多いんだから、欠けある虫、流れに戻っていけない魚、病気などは全くしないがすぐ怪我する学友たち、学校という古びた場所、中の人間ばかりが新しい場所。ハンナはすぐに思春期が来て、こちらに向いていた顔が堰き止める手に変わり、俺はその手に手を合わせにいくわけにもいかず。母親は父親と違って、日々つまらないことにも喜び、良かったことだけを数え死んでいった、あれは数え方に工夫があるのか、満足と量は関係せず、羨ましいような考え方だった、質さえ関係ないようだったが、と考えながらカンはおり、痛みなどには関わり合わないように、純粋な自分だけ、痛み抜きの自分だけに向き合うよう努めている、しかし痛みも自分である。

広いドラッグストアの中を歩き、棚の薬の効能など眺めるとどの不調にも対処法があり、全て良くなっていく気がハンナにはする。歯は強くなる、腰の痛みは軽くなる、各種サプリが何でも補う、希望に満ちている。幼い頃はこういうところで、白髪染めの見本の髪のサンプルを撫で、匂いものは全て鼻を近づけ香りを楽しんだ、まだ字も読めないこちらを決して拒まない場所だった。誕生月で割り引かれるので、ウルミはナプキンを抱えて前が見にくいほど買う、誕生日は店長がご飯に連れていってくれる。女は好みでない男でもずっと優しくされれば心動くけど、男は好みじゃない優しい女など好きにはならない、と男からよく聞くがどうなのか、優しさで何も変わらないってすごくないかとウルミは思う。

「それでどんぐらい分？」

「でも半年は保たないかな、私量そんな出ないけど。三日経ったら野菜の搾り汁みたいになる」

「そんな儚げな感じ？私レバーみたいなん出る」

「そんなにどれも食べ物？塊で出てくるの危ないんじゃなかったっけな」

「病気になったら摘出してもらいやすいな」

「それ狙いやめてね」

とウルミはハンナの体を眺める、何と遠い、ハンナも自分の腹を思う、何と遠い。ハンナの方はカンの紙パンツを買い、互いに軽いが大きく嵩張る。最近のカンは、喋れる時は自分が死んだ後の話ばかりする、未来の話ばかりを。リップの棚を見て、思い出したように鞄から出して、自分のリップをウルミは塗る、鏡も見ず勘で、縁を指で拭い指の汚れは撫でてなかったことにする。

「昔テスターのリップをさあ、男子が舐めて戻してたの見て、それからもう試せないんだよね」

「怖いね」

「泣きそうなくらい怖いよね」

「私たちの置かれた状況も怖いし、その男子の行く末考えても怖いし」

とハンナは言って、そんな危ないものには二人とももう寄っていかないようにする。別れて家に帰り着き、ベビーシッター先からお下がりでもらったデジタルのフォトフレーム、保存した写真が画面にくり返し流れるやつ、白黒の写真から始まり、餅つきの写真で終わる、カンの葬式の時もこれは立てかけられるだろう、そんな先のことを考えている自分にハンナは飽き飽きしている、先を見通すことばかりに重きを置いて、と思いながら写真を眺めるカンごと眺める。窓枠は目を近づければ傷だらけだ、家という我が子、我が親、目はよく見えずそれで掃除要らず、カンの中に痛みが風のように吹き入る、体という洞窟家という洞窟に横たわっている、骨は硬い肉に痛い、薬が効いてくればありがたい。カンは体を軽く見ようとする、海の前の柵のように、見方次第でないように振る舞えるものとする、でも自然に、花の咲く瞬間を待つように、次来る痛みに目を凝らす。こんなに体に痛めつけられて、寝ているのが洞窟の石の上なら大変なことだった、腰や踵の肉は骨と石

に挟まれすり潰されただろう。ハンナはできればカンに何か作ってもらいたく、

「何か炒めてくれる？」

と問えばカンが頷くので、でも炒めて美味しいものの入っていない冷蔵庫だ、カンがひと混ぜでもすれば、それはカン作の料理となるだろうと思い、カセットコンロをベッドの間際に持ってくる、布団に火がかからないよう気をつける。横にポータブルのトイレはあるが気にせず、紙パンツに移行したのでもう使ってもいない、トイレこそレンタルでも良かったが。布など掛ければそれはもう今トイレではない、ベッドの横の丸椅子は、この前まではカンが移動の時、手をつき押して杖代わりに使っていた、もう移動しないので椅子に戻った。深いフライパンの中にカニカマをパックから振り落とし、そこに乾燥のワカメをかける。木べらを渡せばカンは痛む腕で何度か撫でる。フサがくれたヘラだ、手のひらのように大きく全てすくい取るカーブを持つ。カセットコンロだと途端にままごとじみて、と思いながら、

「磯炒め？」

とハンナは言い、海苔も入れ、自分たちの作っているもののあまりの磯臭さに大笑いする。大笑いと言っても声は掠れるので破顔だけだ。ハンナは目だけに熱が集まり過ぎて、自分はもう目周りしか存在していないような気にもなる。

「鰹節ものせようか、それじゃ海過ぎるか」

と保存食の、海の幸の多いことと思いつつハンナが言うと、カンは笑いの息を漏らす。胸の痛みにうなだれ、食前の祈りのようになる、苦痛の胸はもう触り尽くされ撫で尽くされている。ハンナは子どもの頃はよく腹を壊した、今考えれば自分が与えたものの多くは、消費期限が怪しかったかもしれない、ひっこ抜いてきたものを自然の中保管しそのまま出すという、原始的な振る舞いだったかもしれない、でも無事育って良かった。俺の料理はカツは衣が脱げ剝き出し、肉は硬くなり魚は鱗や骨残り葉には土混じりという野蛮な、とカンは振り返る。ハンナとの接し方、どれも合っていなかったのじゃないか、砂散り湿る布団に寝かせていなかったか。ハンナは賢い子だ、俺は父親とは違ってそれをちゃんと敬って、祭りのように掛け声でも掛けてきたつもりだがどうだろう、父親は無口だった、いやそれは祖父か、おじか、誰もみんな無口になっていったか。低く吠える大人しい犬は、あれは何匹目の飼い犬か、散歩に行けぬようになり子どものオムツを流用してつけてやったのは、舌は出しっ放しで、いつも横に流れるような形で乾いていたのは。ベッドの下はハンナとよく相撲した畳、踏ん張ったので縁は掠れ、互いの体の触って良い場所はどんどん少なくなり、最後は肩だけ摑んで押し出していた。部屋は過去を閉じ込め溢れんばかりだ、踏んでいない場所などもうないような部屋だ、ベッドに掃除機をかけてもらいカンは寝転び、また自分のにおいをつけていく。窓から見えるのはもう新しくはない団地、しかし朧なのでこの目には新しいようにも見える、壁は手の跡も跳ね返す白さを持っていた、木々もすぐには根付かなかった、あちらの砂浜を思えばクラゲや骨や殻は透け、死ねば透明か、濡れれば透明なだけか、ほぼ無限にある砂。ハンナはエプロンで手についた海苔を拭う、これはどれだけ汚れてもいい布なんだからすごい。早くからこの家に二人だったから、ハンナはパジャマの上には必ずエプロンをつけた。エプロンはノーブラの時の胸の尖りを隠すためにあるのだと、ハンナは思っているのだがどうだろう。女らしさというものは、私たちの間には邪魔だったのだから、私はそこからはみ出していこういこうとしたのだろうか、心もとなくエプロンの上からも何か掛けたく、冬ならカーディガンを羽織り、夏なら首から胸にタオルを下げた。思春期に入る前にカンは、洗面所とハンナの部屋に、内側から締められる鍵をつけてくれた、安全面と秤（はかり）にかけてそちらを取った。どの扉も薄い木なので、もしもの時は割って入るということになっていた。そんなにいつも身構えていたわけでもないが、家に性的なものは何一つ持ち込みたくはなく、胸にも膨らまなくていいと言い聞かせていたから、あまり膨らまなかったんだろうか、体はそんなに、心の思い通りではあるまいとハンナは微笑む。私の子どもとか、カンは見たかっただろうか、でも誕生などそんな、一つでも多く見られれば吉というものでもないだろう、生まれることは吉ではあろうが。配慮、思いやりがいつも二人を包んでいた、それで息も詰まるほどだった、でも人と人との間に、それ以外何があるというだろう。互いの内部には足で踏み込むというよりは手で分け入ってという感じだった、手と足に上下があるとも思わないが、雰囲気としてはそうだった。

マオとタイラが来て、団地の柵を増やしてしまったのは自分たちだとカンに謝った、死んでから、しておけば良かったと後悔するのも嫌だという、マオの先を見越しての行動だった。謝罪を受けたカンの表情は、何か考えを読み取れるものでもなく、まあカンからいいよと言ってもらうようなことでもなく、ではさっきの謝罪は漂ってどこへ、とタイラは思った。ウルミは店長に連れられて行った、いちご狩りで買ってきたいちごを差し出し、オオハルが力で潰して汁ばかりにしてカンにあげた。潰して飲めるものなら、まだカンにあげても邪魔ではないのだとそこで学んだ。窓を眺め、今カンにとって芝は踏むために、階段の踊り場はすれ違う人を避けるためにあるのではない、ただ景色としてあってくれるとオオハルは思った。時々ウルミはハンナを、床にうつ伏せに寝かせマッサージしてやった、エステのバイトで得た技だ、またエステで働こうか、でも客の顔パック中に、急いでご飯食べなきゃいけないんだよな、カンにもマッサージしてやりたいが骨を直に揉まれるようで痛いだろう、カンが照れるだろうし、と思いながらやった。

「ウルミはまだ別れた店長の餃子屋で働いてるんだよ、いちご狩りも行ったんだよ。それって店長まだやり直せると思ってるよね」

とリユリがカンに説明し、ウルミは頷いた。

「あっちは返した婚約指輪まだ持ってるもん、もはや店に飾ってるもん、イニシャル入れたの売ると安いし。だって次の仕事見つからないんだもん」

「長い付き合いになっていくんだ」

と、やはり恋愛においての終わり時はハサミで断つというよりは、伸ばして伸ばして薄くなり、外から一手力が加わって切れたような関係、でも伸びた部分は風に吹かれ、また繋がれるのを待っている、とリユリは思い浮かべた。マオはカンの手を握ってみた、励ましでというよりは、自分の手を見て赤かったので、人と比べてこれは無闇に赤いのかを測るため、カンの手よりは相当赤かった。

「ウルミの、バスケ部の彼氏」

とカンが言い、

「それ昔の過ぎて。確かにバスケ部とは、中高、他校と幅広く付き合ったけど。結構いつでもバスケ部の彼氏だったけど」

とウルミは笑った。お客さま凝ってますねえと言われながらハンナは背を揉まれ、はい、日々力んでいますので、身構え緊張し、この体で堰き止めていますので、と心の中で答えた、体がある内は、体だけを頼りとしていますので。フサが来た日には、フサ手作りのウォールポケットがカーテンレールに吊るされた。フサは自分の部屋に閉じこもり、娘のお下がりのミシンで、もうめちゃくちゃにでも縫う。糸が絡まれば誰かに助けてもらえるまで作業は中断する、来てくれれば続きができる、こういうのは大勢でいて良いところだ。縫い始め縫い終わりの処理が難所なので、一筆書きのようにして縫っていったもので、塞がれてしまったポケットもある。縫う線は歪んでブレて、細かな縫い目などよく見えないのでフサには気にならない、何か入るなら立派に袋である。子は常に親の前横後ろにいるだろうという、親の傲慢を振り解くかのようにどこか行く、迷子になった子、その娘がミシンの、外れた糸を順路通りに掛け、針の穴に通してくれるのを眺めていると不思議である。手でも縫ってしまわない限りは良い趣味だと、娘は思っているだろう、糸の無駄遣いとでも思っているか。天気の影響を多分に受ける自分の髪の毛を撫でつけながら、フサはカンの必需品を、ウォールポケットに入れ替えてやった。ペンなどもう必要ないだろうが、何もカンによって書かれないだろうがと思いながら、最も細いポケットに差した。

「団地のこと、もういいと思う。でも共に同じ場所で目的を持って、というのはいいものだったね」

とフサはハンナに言った。フサにとってはもう故郷のように遠い場所なのだろう、別に相槌もいらない自分だけの宣言なんだろうと、ハンナは何も答えないでおいた。置いていかれる方は、仲間の意気込みもその程度だったのかと思いもするが。ではあの業者とのなあの、住民側はもう自分しか行っていない話し合いの場に私が向かわなければ、団地はどうなっていくんだろう、とハンナは考える、あの会ももう、世間話の場となっているが、関係に損得なければ、世間話なんて私はしないが。この前はオオハルとマオが行くと言うので連れていった、男同士気さくにという、自分との時と違う感じが場に現れた、子どもがいれば確かに和んだ。団地を守ることに目覚めなくていいんだからねと、ハンナはマオにアドバイスした。

「でも俺たちは、団地を愛してるからなあ」

とハンナは小さな声で、カンの口調で言ってみて、すぐその台詞を疑った。縁あっただけの、ここしかなかった、でもどこも陸続き海続きの似たような場所ではないか。思い出だけ持ち本体は捨てていくべきだ、まだ決定的な壊れのないうちに。でも言われるがままに何でも決まり、決まったものはなぜかすぐ強固になり、王や法のような顔をする、それ自体が耐えられない。今自分はタイラのような顔になっているか、自分こそ正義だと思い込み、何と比べてもそれは自分が最も近いのだから最も大きく、大きく見えるものばかり見て小さなものも、来し方も見ずというような顔、子どもは知らないことが多い、それゆえ善良でない。リユリは着ている服からまだウルミのにおいがするので嗅ぐ、もらったやつだ、この前ウルミの部屋で、好きなの持って帰っていいよダメなのはダメって言うけど、となりリユリとマオは宝の山を前にした。学校に着ていって変じゃないのを、こっちに避けてみてよと二人は言い、私は小学校にはひたすら、夏はサテン冬はベロアの服で行ってたけどと答えられ、ウルミに分類は任せられないとなった。手当たり次第に着せ替えていけば服には確かに似合う似合わないがあり、マオの薄くなりほつれた下着も上から服で隠せば見えないようになり、パンツもお下がりであげてもいいんだけど、マオも使いさしを気にしなそうだけどとウルミは思った。暇な授業中に全てむしり取ればいいので、毛玉がついているのでもマオは頓着せず、重ね着が必要なのは難しいので手を出さないでおいた、大人の手足の長さには届かず、もらうのは半袖とゴムのウエストのばかりになった。トランクで持って帰ったら、一個余分だから、どっちかにだけあげるとウルミが言うので、リユリはマオに譲った、自分は必要な時には親に買ってもらえるだろうから、それも過信ではあるが。ウルミでさえ荷物の整理をしているとはと裏切られたようにも思え、周りの動きを注意深く見ることでしか危機は知れない、大事なものはこれから、このトランクに収まるくらいまでしか増やすまい、何かあればこれだけ握って出ていく、家具など大きなものは見殺しだというようなことをマオは思った。

「ウルミにもらったワンピースの丈、フサ縮めれる？」

とマオが問い、縫い目がガタガタになっちゃうんじゃないかなと、リユリはウォールポケットを見上げて思った。

「あの犬ってどうしてるの？」

とリユリが聞き、

「死んじゃったんだよ、死んでから言われて会いに行って。まあその直前で言うっていうのも難しいもんだから。オーブンみたいなの積んだ車で火葬してたわ」

とフサは答えた、箱に詰められた犬はあまりにぬいぐるみ的で、ぬいぐるみとはまさか、死体と接する予行演習のものじゃないでしょうねとフサは訝った。箱の中は毛布と花敷かれ、毛もあるので輪郭曖昧に横たわり、オーブンに入れる際はそこから出さねばならず、係の人は触れないので飼い主たちで入れねばならず、飼い主の手はあまりに震えて拒否するのでフサが抱き上げた。顔も半ば潜り込んでいたのが露わになり、目も口も開き歯も見え、死に向け唸ったのだろうか、私はこの子の歩行ばかりを覚えている、爪で地面を引っ掛けてとその爪を撫でた。カンの横で生きる死ぬの話はしていいのか、自然の話だから仕方ないかと思いつつ、タミキは犬の焼き方が気になった、車を走らす力で熱しているんだろうか。リユリはデジタルフォトフレームに見入った、前半のカンの幼少の部分は、知らない場所と人ばかりで退屈、ウルミとかが写真に登場してくるところから俄然見応えが出てくる、ウルミだって幼ければやはり今よりは洗練されてないんだから、この程度なのだと安心し、一人にずっと憧れ続けるってことは、できるんだろうか。自分とマオが写っていれば、リユリにはもうそれしか見えない、自分の顔の写りばかりが気になる、ちょっと目が寄っちゃうんだよなと思っている。

待っていたから来るのでもない日が、決定されていたような時が防ぎようなくカンに来る。水も喉に通らず、痛み止めだけ体に入る、ハンナとオオハルが横におり、カンは身に降りかかるものを避けるように体を揺らしている、耳鼻口全て穴であり、深くある。自分の耳の形が好きでないとカンは言っていた、今思えばそんなことの何というしょうもなさ、とオオハルは考えつつ励ます。

「カン、また行こう、ね、行こう海」

「他の誰かも呼んでくる」

と言いハンナは最近毎夜やってから寝る動作、カンの胸の上の布団に顔を埋めた後、額に頬をつける、こういう時のためにある額と頬である、家の外へ出る。カンの手は細く肉もなく、オオハルが握り尽くしても隙間に空気が通る、服と布団だけ、柔らかさだけを持つもののみ親しげにカンに寄り添う。カンは叫んで困難を切り抜けようとする、もう涙は意味もなく、目の端から流れっ放しだ、寝転ぶ姿勢のせいで耳に入る、天を手で掻くような動きだ。凍えているように見えるので、オオハルは着てきたダウンをカンの上に掛ける、フードにファーがついていて、濡れた獣のように手触り悪い。ポストを一面に有する団地の壁、廊下を風が出口目指して通り抜けていく、その中をハンナはさまよい時々止まる。ハンナはカンの死ぬ瞬間など、できれば見たくない、カン、おじいちゃん、カン、と細い声で呼び続ける。幼い頃、おじいちゃんしかいないのはうちだけ、とハンナが泣き、じゃあおじいちゃんとは呼ばずに、お父さんとは呼べないだろうから名前で呼べば、俺は若々しいからみんな父親とでも思うだろう、カンでいいよと言ってくれた、おじいちゃんはカンが手放してくれた呼び名だ。カンが手渡してくれたものなど、今考えればその重さで胸は潰れるだろう、ハンナは頭の外に追い出す。一度だけハンナはカンを叩いたことがある、手で人を叩くと一瞬は体同士繋がる、手は湿っていて吸いつく、その後反動で大きく離れる、上手く言えない方が暴力など使うのだ、子どもの方が凶暴なはずだ。不要のことばかりを考えてしまう、唾と共に空気を多く飲んでしまう、フサは留守電を聞いたかウルミは買い物から戻っているか、子どもたちは学校か、休み時間なら校庭の柵から呼びかけようか、ハンナはまずウルミの部屋へ、遠回りしたく広場を通る。車も通る道を左右も見ず渡る。死の間際にある人の側にいると、死が何もかもを通り越して自分の方に向かいやって来るなどとは、決して考えないものだ、死は私を避けて通るだろう、カンを目指して行くだろう。昔この角で転んで事故にあったので、この角だけは無意識でゆっくり曲がる、笑う人たちとすれ違う、自分だって死さえ遠くにあればとハンナは思う、無力で無念である。怒りで息浅い、前にマオが、怒りは最も愚かな感情と言っていた、怒りもマオに愚かと言われるとは、驚いただろうとハンナは少し笑う。叫びの中でカンが思うことは何だろう、自分が今からするのは、得てきたものを全て手放すことではない、決してそういうことではないと、カンには思っていてほしい。ただの死に別れだ、飛び越えだ、私は誰の死に際にも立ち会いたくなどない、どうにかそれを避け、次会う時はもう死として前にあってほしい、私の願いを最後に、カンが聞き入れてくれないなんて。引き留められないのだからその移行、手の施しようも届きようもない移行を飛ばしたい、薄情だろうか。ハンナは想像する、カンの口から出る声は、ますます掛け声の調子となっている、自分を畳んで行かんとする。大声はいつか止まる、吸った息をそのまま溜め込むようにして、あるいは吐き出して終わり行く、なるほど、ただ不思議だとカンは思う、努めて思う、そうあってほしいとハンナは思う。

13

カンの葬儀は、団地の自室で行った。会館みたいなのに相談にも行ったがスケジュールが合わず、会館は中のもの全て白く、とても白く、それは白が何にでも無難だろうとハンナは思った。納棺師が関節を回すと、固まっていたカンの腕は驚くほど動き、布団を被せたままカンを瞬く間に着替えさせていた。ウルミが死化粧を施し、カンの顔に使ったパフはもう使えないだろうとハンナは謝り、大容量の、捨てる前提のやつだからとウルミは答え、パフを滑らし、どうせ捨てるならそのカンを撫でたのは後でもらおうとハンナは思った、もらって気が済むまで傍に置いておこうと。カンの顔は茶色く、自分のファンデーションの色味とは一致せず、ではシェーディングの濃い色を混ぜようか、こう深い皺には対処したことない、めくって塗るのか、指でやれば冷たいのに直に触れ、結局全て、何も取り返しのつくことなどなく、時は過ぎて行きっ放しでとウルミは内心怖がった。みんなで通夜のようなことはせず、オオハルがハンナの横で、共に夜を徹してくれた、下ろして落ち着ける場所もないので、カンの体はまだ介護用ベッドの上のままで。オオハルは自分の家から布団を持ってき、ハンナに先に寝る場所を選ばせ、オオハルを間に挟んで、カンとハンナが寝た、骨もまだ中で濡れて光っているのだとハンナは思い浮かべながら、涙はそれが道理に適っており自然、という感じで目に留まらず延々と滴り、目は溢れる滝口、息する部分が高く飛び出ているのは滝壺にならないようにで、耳には入ってき、水浸しのこの耳ではカンが息を吹き返しても、その微かな呼吸を聞き取れないだろうとハンナは思った、髪の毛はもっともみあげにまで深く生え堰き止めるべきだろう、寝ながら泣く機会などこれからだって多いのだから。枕もとで卓上ライトを点け眩しく、オオハルは自身の、カンとの思い出を思いつくままに語り、ハンナは相槌を打ちながら自分は今一切思い出せず、混乱がすぐさま忘却に繋がればどうしよう。カンの、使い込んで表面磨きもしなかっただろう顔、と眺めながらオオハルは、ハンナを寝かしつけるため撫でてもやりたかったが掛け布団の上からで、どの位置なら性的な部分でないかが分からずに、できないままとなった、横にいるのが姉なら自然に撫でられたかというとそうでもない。朝になればオオハルはコンビニに朝食を買いに行き、袋パンを選ぶのは得意だが、ハンナの好みは分からない、こういう朝に袋パンではあんまりかと悩みながら買い、今日の夜、夜はもう暇になっているだろう、昨日できなかった分の仕事を、降ってき積もり、成す人物は選ばずただ誰かに処理されたがっている、書かれたがっている数えられたがっているまとめられたがっている仕事というのを、そういうのをしていかねばとぼんやり思った。近所の、お経の心得のあるものが読経した、フサが花を都合した、オオハルとウルミが部屋を白い布で覆った、何十年も暮らした部屋だ、もう押しピンは刺し放題とした、カンを動かす時少し引きずってしまった。カンを棺に入れてもらい、焼香の道具をのせるのに良いものがない、お盆がないお盆がないとみんなで探した。カンの化粧をウルミが直し、頬に細かなラメでも、はたき始めるんじゃないかとマオは眺めた。葬儀では近所の子どもたちが、焼香を見よう見まねでやった。子どもたちの列は長かったので、真似しようにも前の子だって所作はあやふやで、この木屑のようなのをこの石にのせるしか、みんなが頷ける仕草はないだろう、とそれぞれ判断し行った。棺は軽く燃える材、白い布貼り、内部の壁にレースの縁取り、参列者、特に団地の人たちはカンの顔を触りに触った、コミュニケーションの手段は、もうこれしかないのだからという風に。額に額をつけ、開いた顎を閉まらないのかと押さえ、掛けられた布団の糸飾り、ほつれだと思いみんな取ろうと手を伸ばし、また違う人が顎を撫で、それで口は笑う角度になり、細かく揺らせば小刻みに揺れ、閉じた目が平らなのが不思議なのか触り、顔周りの花を自分の良いと思う場所に置き直し、花に寄る虫は叩こうとした。ハンナが最後に触る頃にはみんなの熱が移り冷たさは消され、何も足されないカン自体に触れられたという感じはせず、少し嫌な気もしたが、あたたかいだけで近しいとは思った。恐らく硬いので決して触れぬようにしようと、それさえ分からなければ、寝ているカンと変わりないのだからと思い、タミキはカンを撫でないまま終わった、ただ頷く動作でカンを送った。これから誰かにカンを説明する時は、死んだ近所のおじいさん、カンっていう名前だったんだけど、と呼んで話を始めるだろうとタイラは思った。ネックレスが切れてオパールが落ち、カンの周りの花に紛れ、鎖も外れて何か縁起も悪いしごめん、お葬式にオパールっていうのも、今更だけどごめんと謝りながら、ウルミは花をかき分けた。駅で母親に会って首から毟り取るようにして奪ってきたのだと、最も夢のない渡し方になったオパール、と思いつつオオハルも手で共に探った、もう打っても壊れもしないんじゃないかというカンの体だった。さすがウルミの化粧だ、顔色良く落ちない、リップの色も浮いてないと思いながら、リユリは邪魔でもない髪を、ウルミの動作を真似てかき上げた。フサは一応黒い、襟もとにレースを自分でつけた、どこを締めつけるでもないワンピースを着ていた、歳取ってゆったりした服しか着たくなくなった、もう充分見せたからか、体の線などもうなくても良いくらいだからか、体は周囲と溶け合おうとしているか。棺の窓が閉められ、火葬場はその大きく開いた玄関からもう、焼き場のトンネルのような個室の釜が目の前に見えた、レンガが光った、光は美しいだろう。天気良く、風も良く、雲は人の形で舞い踊りで浮いていた。棺は車が停まって以降は人の手に一切触れられず、機械仕掛けで釜まで入っていった。もうこれしかないのだこの手には何も持っていないのだと諸手を挙げるか、このように痛くてと胸を強く押さえるか、耳を覆うのに手を使うか、ハンナは迷った。腕を広げて火葬に待ったをかけても、焼かずに置いておいても、カンの死んだ顔がどんどんべこっとへこんでいくのではないかと、恐れることしかできないのだからと自分を落ち着けた、いや、腐るまで見届ければ気も済むか。焼き場の釜は横並びなので、もう終えた家族が骨を拾っているのも間近に見えた、壺に入りきらないのか、骨は押さえつけられ割られていた、それでも何も言えまい。多くの人がここに来るまでで力尽き、作法も分からないのだから、言えることもあるまい、強い主義などがあればまた違うだろうがとハンナは思った、もう折れてもいいのかと骨を見た。待合室は人で溢れており、カンが骨として出てくれれば、灰は飛び周囲に紛れたこと、もうこうなってしまっては、と思ったことしかハンナは覚えてはいない。

　フサはみんなが出た後の部屋を片付ける。ハンナがさっき空にした、カンが使っていた革の財布、財布とは中身を失って最もみすぼらしくなるものだ、入っていた頃の膨らみを失い手の跡残り、お金なんかはやはり汚いんだから内側は見るに堪えず。たとえばカンが使ってまさにここに置いた櫛は、まだカンの気配を感じさせる、と窓辺を見る。動かさないまま嗅いでみれば人の脂がにおうよう、これをずっとこのままにしてみて、いつまでカンの息吹を感じられるだろう、香りが飛ぶまでか。先に息子が家を出た後、何か一つでもそのままで置いておきたかったけど、部屋を広く使いたい娘がすぐに模様替え、娘が出た後は夫の書斎にするため模様替え、場所はすぐに次の場所として使われるのだから、何もそのままにはしておけないわけだ。でもカンが、ここに、置いたのだとフサは眺める、もうカンは、どこにも、何も置けない、しかしそれが何だ。カンの車を見送りリユリはマオの口にキスしてみる、キスが返ってくる。これ以上何を望もう、キスとは互いの唾のにおいを嗅ぎ合うことか、もっと触れ合って無理なく、何のにおいもない場所も多いだろうに口で。キスはもういいかなとリユリは思う、もっと言葉で好意を見せて怖がらせてやろう、これほど伝え得るのだと思わせよう。友情や恋愛など、自分の力だけでどうにもならない、そういう経験がしたくて私はマオに付きまとうんだろうか、表現が全て芸術であるなら、マオで芸術をやってやろう。接触など誰でもできる、無知でも技がなくてもできる、保育園の子が廊下ででもできる、ほらまた好きな人の過去など気にしてる。自分の働きかけで誰かの感情が動くのほど、マオにとって楽しいことはない、これでしかここにいる実感は得られない、マオを好いていた高校生はあれから寄ってこない、もっと来てこういうのは無様だ退屈だと、こちらに多くを教えてもらいたいものだ。業者との話し合いの後、オオハルとマオは二人で団地の道を歩き、業者を陥れるっていうのはどうかな、とマオは目を輝かせた。業者って一人で来るんだね、私が一人で乗り込んでいって誘惑して、触ってきたら騒いだら逃げていくんじゃない、私そういう、チームのお色気担当みたいなことできるよと言い、なるほど信用ならない人と密室に入るというのは、今後も絶対にしないでおこうとオオハルは思った、公園のベンチくらいが妥当だろう。そういう、嫌な奴に触られた場所って感触が残るって言うけど、と痴漢がいかに救えないか説いてくる姉を、思い出しつつオオハルは答えた。私はたぶん皮ふが厚いんだよ、つねられてもキスされても、すごく遠いよとマオは自分の手を眺めた、そんなわけはないだろうと、自分自身でも思いながら。こういうのは姉かハンナに相談しよう、大勢でいて良かったとオオハルは考え、話の流れ的に肩に手を置いて励ますなどできず言葉だけ尽くし、でもマオは、なるほど私に何か言いたいということだけは分かりましたという、教師の前でするような顔、教師ならそれは、生徒と教室に二人きりになどならないよう気をつける。何でも古びる、古ければ崩れる、団地なんて二世代保つ煉瓦造りでもないんだから、それでもたかが二世代でとオオハルが慰めてくるので、守るより見切る方がそれは楽だ、オオハルは自分で稼げて私は全てパパママ次第、壊れ行く団地と共に置いていかれる夢も見る、一人になってもできる限り、部屋から学校に通うだろう、やってきたことを続けようとするだろう、逃げる力なく海も自力で渡れない、地続きを手ぶらで歩くしかない、私にとってここは最初から古かった、最初から古いなんて最悪だというようなことをマオは思った、そう言おうとしたが、見た夢の話で気を引くなど子どものすることなのでやめておいた。体に塩を撒き、オオハルは姉と自分のための飯の支度をし、豚肉は焼けてどんどん出す自分の脂に身を浸す、こんな脂は姉は許せないだろうから、キッチンペーパーに吸わせて捨てる。姉は痩せたかった時期からの、吐く癖が治らない、よくあんな声も出さずに吐けるものだが、便器に多くが勢い良く降る音が聞こえるので吐いていると分かる、幼い時はそれが聞こえてくれれば耳を塞いだ、手は薄く何でも通す蓋なのか、そうやっても聞こえてきた、あの時近寄って、俺に言えることなどあっただろうか。諦めるとは、もう何も戻らないのだと思い知ることだとオオハルはふと思いつく、それは時間がかかるわけだ。ウルミはオオハルが、なぜあんなに長時間働けるのか分からない、我慢が美徳だと思い詰めている、スポーツや受験をしたからか、負け方は実感を伴って知っておりという弟だ、タミキにも似たところがあるから、今度二人併せて注意してやらなければいけない。ウルミは荷物の整理を続けているので、不動のものと思っていた重い家具も、床に跡だけ残し減っていく、ここは広くも狭くもある、異なるものが混ざってある。タンスに裏というものがあったのだとしみじみ眺める、全く見られる用ではない、ただ表があるからには裏があるのでという風にある、と思いながらウルミは、返したのをまた受け取った婚約指輪を、回して石を正面にする。ハンナは、喪服にすっぴんでは見慣れなかったため、本意ではないがした化粧を落とす、ただ喪服というのを見慣れないのか。前回の反省を活かしファンデーションはティッシュで押さえつつやったので、崩れにくい土台となっている。死は隣人ではなくなったようで、今ここには余韻のみがある、晩年のカンと一体となって記憶されているのは、やはりずっとそこにいたのだから介護用ベッドで、借り物なので返さねばならず形そのままにしておけない。カンに買った紙パンツは余ってしまった、生理で量が多い時に私が使おう。

タイラの母親が、倒れるまで飲んでタクシーで帰ってくる。同乗してくれた一緒に飲んでいた友だちの服に、母親の吐いたのがへばり付き、家の前で友だちはそれを叩き落とし、乾いているので舞う。父親はクリーニング代など渡しタクシーは逃げ去ったのでまた呼び、母親は玄関の段からずり落ちている。兄は母親を眺めこれが瞬時にトラウマにでもなったような顔、弟は音で出てきた向かいの家の人に、困ってます、という顔をして母親を指差してみせる。困ってます、という表情が最も汎用性が高い、怒りはまあ、こういうことで怒ることもあるかと周りは納得してくれがち、ただ関係は悪化、笑いというのは使うタイミングがとても繊細、悲しい顔はしてもただ放っておかれるので、悲しい顔も汎用、困っていると悲しいは同義、というようなことをタイラは知っている。タミキは母親をその礼で隠すように、向かいの人にお辞儀しながらドアを閉め、

「タイラって、普通を知っててそれでも普通にしない、って感じでもないよね」

と言う。出た出た、とタイラは思う、言いもする。母親の背が時々波打つ、何か敷いた方がいいか、でも玄関マットはもう古いから、これに吐いて買い直しの方がいいかとタミキは判断する、口がきちんとマットの中心に来るよう動かす、早く父親に中に入ってきてほしい、タクシーを見送って、そのまま旅にでも出てないだろうな、何も見ないことが大目に見るということだと、それが大人の身の処し方とでも思っていそうな父親だ、何もよく見ていないだけのくせに。

「知ってなきゃできないんだから、まずは普通を知るっていうのが前提なんじゃないの」

とタミキは母親を撫でながら言うので、タイラとしてはどちらに向けてなのか分からない。兄の手が母親へ吸い寄せられるのは、母親から好かれたいためただそれだけ、良い子になりたいんだ、兄の前でまで、困った顔悲しい顔をしなければならないのか、うるさく言われないためにはするしかないか。手は別に今置き所ないのだから、どうせなら母親の背に当てればいいのかとタイラは考える、前マオが、親は子どもにとって門のようだと言ってたけどよく分かる、通過し、そこには留まらない場。うつ伏せになった母親が、口から入ったものは、こう出ていくのが自然というように滑らかに少し吐く。

「タイラの損は俺の損だから」

とタミキが言い、

「普通が、タミキにとってすごく大事なことなんだね」

とタイラは、母親に手を伸ばしながら言う、叩いたりしない、もちろん撫でる。人が言ったことをくり返せば、それは話を聞いているという姿勢に繋がることを知っている、タイラは昔より色々知ってる。普通といったって全てさじ加減の話で、タミキがどこへ行っても通用するということもないんだから、全てに自信なく、もしくは全て自信を持ちやっていくしかない。やってからハッとすることもあるが、たかがハッとするだけの話、兄にもこういう姿勢を持ってもらいたいものだ、普通というそれだけのことを自慢げに、というようなことをタイラは思う。みんな表情なんていう、後に何も残らないもので咎めようとするので参る。母親は自分の中の気持ち悪さと戦っている、持ってきた水をタイラがストローで飲ます、髪の毛は吐いたのがつくのでタミキがくくる、酔っぱらいの対処が上手いのが自分たち兄弟だと、それが、生まれつきではない自分たちの特徴だと思い、タミキは中腰で待機しつつ、弟が言い返してこないのは、何事も考えていないからだと早合点している。言葉など言わなければ言わないほどいいと思い、外ではそうしているが、兄の前でもそうした方がいいんだろうか、扉だと思い、開くと楽に構えていたが壁になり、と兄弟間でなってしまえば堪らないがというようなことをタイラは思う、会話とは相手を替えていくのみの、同じものとなってしまう。

「普通普通ってその言葉自体普通じゃない」

とタイラは言い、タミキは、ああ、自分たち二人の時なら弟のこういう言葉は何とも頼もしく輝くのに、周りに人がいれば兄として覆い隠したくなってしまうと頭を抱える、本当はこの頭に、自分と弟二人分抱えなくてもいいものを、でもこれは弟のではなく自分の課題であろう。タイラの顔が、奥へ奥へと隠れていくような気がしたのでタミキは謝る。

「うんいいよ。ごめんね、いいよ、でいいじゃんか」

とタイラは答える。持っているものをすぐ失くしなど、細々とした困りごとはあるが、不便はいくらでもあるが、お前は過激で過敏だと、言われ続けるほどのものか、兄のように人にはまず頷く、与えられた沈黙から読み解くというやり方も危険だろう。

「それよりカンの話でもしない？」

とタイラは言ってみる、僕たちの親しい死者の話を、祖父母もまだ死んだことないので、親しい死者など初めての存在でと生者の驕りで。まだ早い、とタミキは思い首を横に振る、弟がハンナのところへ行って、嬉々としてそんな話をし出さないよう、注意しとかなければいけないとげんなりもする。

「後でリビングに布団敷くから、母さんを家に上がれる状態にしといて」

と玄関の外から父親が言い、まだ外にいるつもりか、まあ外にも吐いたのがあるなら外から片付けるかとタミキは思う。今の状態でも上げられると言えば上げられる、ウェットティッシュで細かなのを取っていく、タイラは何の苦もなく吐いたのを触っている。玄関の明かりは弱く、考えも暗くなってくるとタミキは思いつつ、暗さは明かりに照らされ弾かれ逃げるのか、消えるか隠れるか、上から明るさに塗られるのかと眺めながらいる。タミキは影の始まる場所を指で差してみる、ぼやけているのでおおまかな境、指し示し得るほどのものでもない。

団地を歩きつつタイラは頭を掻き、抜けた毛を風に流す。自分のは真っ直ぐな髪、兄のはうねって柔らかい、でも自分たち二人が極端に違うとは思わない、誰かに髪でも摑んで正しく前を向かせてもらいたいと、弟は思ってもないのを兄は知らないのだろうか。兄とはまだカンの話はできないのか、リユリとならできそうか、仲良くなかった順というわけではあるまい。磨くというのは、細かな傷をつけていくことなんだと図工の時に何かで見た、記憶でも何でも磨いていこうではないか、語れば洗練を重ね、人のと繫がり膨らみを増すような、気づきから気づきを得るような。思い出は、四方どこからでも入れる建物だ、崩れるか心もとない、においも飛ぶ、外から光が入り過ぎ見えにくい。漢字の多い看板は子どもたちには語りかけず、ということは自分たちには関係ない、と考えタイラは無視する、眩しさは実害あるので手で目に庇を作る。持ち歩く紙袋の中をかき回せば、手は埃っぽくなり、ウルミが捨てようとしていたのをもらった布袋、こういう小物が入ってたブランドの布袋が捨てれないし一番使い道ない、と言われたのが、ものを細かく分けている。タイラの宝物は、持ち運べる大きさのものしかない。一旦出し、また紙袋に自分の好きなように配置していく。横は石を洗う用水路で池へ向かう、水は岩に腰掛けては下る、葉は泡を連れる、留まるのは堪え難いのか流れにのる、どの葉もわずかな隙間でもあれば、潜り込んでいこうとする。外に出され錆びた家電があり、天気は攻撃的過ぎる、触って何かあれば僕が崩してしまったことになるだろう、と思い近寄らない。背の高い団地に呼びかければ木霊となる、人工と混ざり合った自然しかタイラは知らない、斜面があればもう山と見做す。花びらは花粉にまみれる、風が草を寝かしつける、もう寝ていいのかと草は周りを見る、小花は地に投げ捨てられたように咲く。こちらには何も見るべきものはなかったので引き返す、これでさっきまでのは意味ない移動となったか。晴れなのに雨が降ってき、タイラは屋根あるところへ、見晴らしの良い玄関ホールの軒先へ移動する。摑んでは離してきた紙袋の持ち手は馴染んで握りやすい、紙は繊維になり行く、どういう状態の時までが紙と言えるだろう、ちぎれがどこまで許されるか、人には伝えるほどでもないことを、タイラは自分の中で湯水のように溢れさせ考え大いに話し合う、自分の顔は常には見えはしないものなんだから、話が通じないという顔など、自分は自分にしてこない。雨宿りをまだ終えられないので座り込む、鼻水を手で拭きその手を石で拭く。紙袋の中にケーキのチラシ、化石の説明の紙は本から気に入った部分を切り抜き綴じたもの、何度も見てるからもう詳しいんだ、小判の形だと書かれてある三葉虫、もちろん小判が後だ、異常巻きアンモナイト、異常巻きが先であれば、数あればまた違っただろうか、どう呼ばれようと、もうこのアンモナイトにそれを伝える術なく。生き物は時を重ねて、平らだったのが立体になっていったらしい、何かに届くため起き上がったらしい、歯は丈夫で化石に残りやすい、全身で死に残るのが一番良い、種として生き延びていくのは、小さな穴を通り抜けていくみたいに難しかっただろう、理由なく、偶然だけがあった時も多々だったろう、自分が最後の一匹になったとは、信じないまま死んでいくだろう、どこかで仲間が生き続けていると。チラシと切り抜きを並べるとまた味わい深い、三葉虫がケーキのところへ、時空を飛んできたような気がする。タイラは落ち着きなく高い階まで駆け上がる、何事もトレーニングだと心得ている、柵に足を入れ込みながら眺めればあちらには海、海という名の水、ただひたすら自分を打つ。横に揺れを伝え続けるというのが、波たちには大切なことなのだろう、波は周りに呼び寄せられるように形に向かう。上がってきたのとは違う階段を駆け下りる、切り株が増えており、長めに残された木に赤くペンキで斜線が何本も引かれている、これは子どものいたずらか大人による善処かタイラにはもう分からない、人に当たって危険だとしてもやり過ぎだ。置き捨てられ倒れ込む断片、惰性で草の生え、空き部屋の窓の破れた障子、よく紙なんかを壁やカーテンに使うものだ、多くを通すだろう、石のポール石の水道、石は変わりにくい、塗装のひび割れが渦を巻く遊具、これも石、とタイラは見ていく、並んで露を受ける水仙と鈴蘭、どちらにも毒がなかったたか。どこもかつての陸、かつての海、古きが倒れ新しきものがその上に臥していったのだというようなことをタイラは思う、砂浜は地であり水であり、自分の体とは持ってきて持って帰らぬ荷物、幅一人分の道、問いに答えを出していくだけのただ一点。屋根の下から出れば霧か靄かが顔にかかる、何にでも驚き、目と眉の間をいつも広くしていきたい。点在する切り株も切られる前は、打ちのめされたことのないような木だったたろうか、風雨にはやられていたか。タイラは雨を捕まえたい、氷なら割り雪なら削りとやりたい、自然と関係を持っていきたい、手の雨は振り落とし、薄い氷を割れば快、雪は削って食べ、何と自分本位の関わりだ、とタイラは思いつついる。雨の音を聞き取ろうとする、何かと当たって鳴るのではない、雨自体の音を。雲を突き抜けるほど陽差し、雨が強さを増す、タイラには何でも受け取る準備がある、有形無形が身に迫る、地は雨に、目は涙に洗われ明るむ。雨は降って道に落ち、地に染み込めばもう、その水は雨とは呼ばれない。

初出　「群像」　２０２３年７月号～２０２４年７月号

井戸川射子（いどがわ・いこ）

1987年生まれ。関西学院大学社会学部卒業。2018年、第一詩集『する、されるユートピア』を私家版にて発行。'19年、同詩集にて第24回中原中也賞を受賞。'21年に小説集『ここはとても速い川』で第43回野間文芸新人賞を、'23年に『この世の喜びよ』で第168回芥川龍之介賞を受賞。他の著作として、詩集に『遠景』、小説に『共に明るい』がある。

KODANSHA

無形（むけい）

二〇二四年一〇月二二日　第一刷発行

著者　井戸川射子（いどがわいこ）

発行者　篠木和久

発行所　株式会社 講談社
東京都文京区音羽二‐一二‐二一
郵便番号　一一二‐八〇〇一
電話　出版　〇三‐五三九五‐三五〇四
　　　販売　〇三‐五三九五‐五八一七
　　　業務　〇三‐五三九五‐三六一五

印刷所　TOPPAN株式会社

製本所　株式会社若林製本工場

 Printed in Japan, ISBN 978-4-06-536605-9 N.D.C. 913 222p 20cm